语文教师小丛书

语文教师小丛书

儿童文学小论

周作人 著

商務印書館
创于1897 The Commercial Press
2018年·北京

图书在版编目（CIP）数据

儿童文学小论 / 周作人著. —北京：商务印书馆，2018
（语文教师小丛书）
ISBN 978-7-100-16033-9

Ⅰ. ①儿…　Ⅱ. ①周…　Ⅲ. ①儿童文学理论　Ⅳ. ①I058

中国版本图书馆 CIP 数据核字（2018）第 071254 号

语文教师小丛书
儿童文学小论
周作人　著

商　务　印　书　馆　出　版
（北京王府井大街 36 号　邮政编码 100710）
商　务　印　书　馆　发　行
北京市艺辉印刷有限公司印刷
ISBN 978-7-100-16033-9

2018 年 7 月第 1 版　　开本 787×1092　1/32
2018 年 7 月北京第 1 次印刷　　印张 6 ⅞　插页 2

定价：28.00 元

出版说明

本馆历来重视教育，自 1897 年创立迄今，以“昌明教育，开启民智”为宗旨，始终肩负中国新教育出版重任，编辑出版中小学、大学各科教科书，教学参考书，师范用书，移译各国教育书籍，分类编纂，精益求精，尤为教育界所欢迎。

我们确信，无论时代潮流如何变迁，教师始终应当具备丰富的文化知识。语文学科具有基础性和综合性的特点，语文教师尤其需要广泛吸取各类有益的思想文化知识，充实自己的头脑。承载这类知识的图书品种十分丰富。那些为语文教师所公认的经典好书，蕴含着丰富的知识思想和学术价值，值得反复阅读。过去，这些书或以单行本印行，或收入其他丛书，从语文教师文化知识积累角度而言，难成系统，不便于收集和查考。为此，我们在广泛征求意见的基础上，从满足语文教师专业成长需要出发，选择语文教育相关领域中为学界所公认和熟知的大家经典，汇编成“语文教师小丛书”，陆续编辑，分辑印行，以期相得益彰，蔚为大观，既便于教师研读查考，又有利于文化积累。

晚清教育家张之洞说过："读书宜有门径。泛滥无归，终身无得；得门而入，事半功倍。"愿这套丛书能够为语文教师指示一条读书的小径。希望海内外教育界、知识界、读书界给我们批评、建议，帮助我们把这套丛书出好。

商务印书馆编辑部

2017 年 1 月

周作人与中国儿童文学的发生及演化

朱自强

儿童文学是儿童的福音书。儿童文学一经出现，儿童就从旧世界来到了一个新世界，拥有了一种崭新而愉悦的精神生活。

在中国，儿童文学这一福音是在什么时候降临的呢？中国的儿童文学学术界对此有两种观点：一种观点认为，中国儿童文学“古已有之”；另一种观点则以我本人为代表，认为中国儿童文学不是“古已有之”，而是现代文学，它是在中国由传统社会向现代社会转型之际的清末民初发生的。

这样两种观点，哪一种更有说服力呢？我想从思想认识方法这一维度来加以简要说明。

判断儿童文学在什么时候发生，在方法上，不能将儿童文学当作一个实体，而是要把儿童文学看作一个观念。所谓将儿童文学当作一个实体，就是将儿童文学当作一个客观存在。古代的《搜神记》里不是有《李寄》吗？《酉阳杂俎》续集《支诺皋》里不是有《叶限》吗？骆宾王不是写了《咏鹅》吗？吕德胜、吕坤父子不是编过《小儿语》吗？蒲松龄不是写了《促织》吗？古代儿歌不是传唱了千百年吗？在主张儿童文学"古已有之"的人那里，这些似乎都是他们拿在手里的铁证。但是，将儿童文学看作是一个客观存在的实体，然后拿着这些实体来证明儿童文学"古已有之"，这一方法的根本问题是认为文学的感受和判断有着一种唯一性——它已经摆在那儿了，你还不承认吗？

但是，在我的认识方法中，儿童文学不是客观存在的实体，而是人的思想中的一种观念，具有很强的主观性。一部作品能不能作为儿童文学存在，取决于一个人有没有"儿童文学"这一观念，取决于一个人持着什么样的儿童文学观念。安徒生童话《打火匣》，在现代的儿童文学学者那里，几乎都被看作是儿童文学，但是，在原始部落人那里，很可能就把它当成从爷爷奶奶那里听来的故事。塞林格的《麦田里的守望者》，同是儿童文学学者，有人将其看作儿童文学，有人则会否认它是儿童文学。因此，考察作为客观存在的实体的儿童文学的发生会陷入公说公有理婆说婆有理的泥潭，在学术上是难以成立的事情，而考察作为观念的儿童文学的发生，则是有白纸黑字来作证的，在学术上是可以成立的。

一个有重要影响的观念，必有它发生、演化的历史。当我试图追溯"儿童文学"这个观念在中国发生、演化的过程时，在中国思想史、文学史的舞台上，周作人赫然出现了……

一、儿童的"发现"——周作人的"儿童文学"观念的发生

1917年3月，周作人得到北京大学校长蔡元培的邀请，赴北京大学任教。周作人曾回忆说：

> 我来到北京以后，适值北京大学的同人在方巾巷地方开办孔德学校，——平常人家以为是提倡孔家道德，其实却是以法国哲学家为名，一切取自由主义的教育方针，自小学至中学一贯的新式学校，我也被学校的支持人邀去参加，因此又引起了我过去的兴趣，在一九二〇年十一月二十六日乃在那里讲演了那篇《儿童的文学》，这篇文章的特色就只在

于用白话所写的，里边的意思差不多与文言所写的大旨相同，并没有什么新鲜的东西……[①]

周作人这里所说的“文言所写的”文章，就是收录在《儿童文学小论》里的《童话略论》《童话研究》《古童话释义》《儿歌之研究》。但是，周作人的《儿童的文学》“里边的意思差不多与文言所写的大致相同，并没有什么新鲜的东西”这段话里既有自谦成分，也有记忆不确、辨析不当之处。我认为，在《儿童的文学》里，周作人的儿童文学理论有新的重要的发展。这主要表现在三个方面：第一，更清晰、深入地阐述了“儿童本位”的儿童观的内涵；第二，直接借鉴麦克林托克和斯喀特尔等美国学者的“小学校里的文学”教育的观点，论述了“小学校里的正当的文学教育”的诸问题；第三，从文体的角度，梳理小学校的文学教育的儿童文学资源，呈现了更加完整的儿童文学的文体面貌。正因为有上述新的建树，《儿童的文学》才可能被视为中国儿童文学理论诞生的宣言。

从周作人写作那四篇文言论文的1912至1914年，到

① 周作人：《苦茶——周作人回想录》第310—311页，第539页，敦煌文艺出版社1995年3月版。

写作《儿童的文学》的1920年，其间发生了中国现代史上的第一次思想启蒙运动——五四新文化、新文学运动。正是这场思想启蒙运动，使周作人在思想中孕育了多年的儿童文学理念走向了成熟。

周作人的儿童文学理念的原点是“儿童本位”这一儿童观。如果追寻周作人的这一现代儿童观的源头，可以上溯至他的“绍兴时代”。我在《“儿童的发现”：周作人“人的文学”的思想源头》一文中曾说：

> 周作人的“儿童的发现”始于“绍兴时代”。作为儿童文学理论的创立者，周作人的“儿童本位”思想起始于他的教育实践。1912年3月至1917年3月，周作人在家乡绍兴从事儿童教育事业，做过浙江省视学，更在绍兴县教育会会长和中学教师位置上坐了整整四年。这一期间，周作人基本形成了他的独特而超前的“以儿童为本位”的儿童观、儿童教育思想，乃至儿童文学思想。这一情形，我们从他发表的《个性之教育》《儿童问题之初解》（1912）、《儿童研究导言》（1913）、《玩具研究（一）》《学校成绩展览会意见书》《小学校成绩展览会杂记》（1914）等论述文章，《游戏与教育》（1913）《玩具

研究（二）》《小儿争斗之研究》（1914）等译文，特别是从《童话研究》《童话略论》（1913）、《儿歌之研究》《古童话释义》《童话释义》（1914）等论文中，可以看得清楚。[①]

周作人是1917年3月到北京进北大的，那时胡适和陈独秀刚刚在《新青年》杂志上，分别发表了《文学改良刍议》和《文学革命论》，新文学运动正在徐徐拉开序幕。周作人很快就加入了新文化、新文学运动的阵营，并以其思想的敏锐性和独特性，成为"新文学"的领袖。

胡适曾经将五四新文学归纳为两个"作战口号"，一是"活的文学"，即"文字工具的革新"，二是"人的文学"，即"文学内容的革新"。关于后者，胡适于1935年这样回顾当年的情形：

……我们开始也曾顾到文学的内容的改革。例如玄同先生和我讨论中国小说的长信，就是文学内容革新的讨论。但当那个时期，我们还没有法子谈

① 朱自强：《"儿童的发现"：周作人"人的文学"的思想源头》，《中国现代文学研究丛刊》2013年第10期。

到新文学应该有怎样的内容。……在那个贫乏的时期，我们实在不配谈文学内容的革新，因为文学内容是不能悬空谈的，悬空谈了也决不会发生有力的影响。例如我在《文学改良刍议》里曾说文学必须有'高远之思想，真挚之情感'，那就是悬空谈文学内容了。[①]

真正为新文学的内容不是"悬空"而是落地，而且是坚实落地的是周作人于 1918 年 12 月在《新青年》（5 卷 6 号）上发表的《人的文学》（收入本书）一文。对此文，胡适大加称赞说："这是当时关于改革文学内容的一篇最重要的宣言"，"这是一篇最平实伟大的宣言。（他的详细节目，至今还值得细读。）周先生把我们那个时代所要提倡的种种文学内容，都包括在一个中心观念里，这个观念他叫做'人的文学'。"[②]

周作人的"人的文学"这一新文学的"中心观念"到底是什么呢？我曾经指出：

---

① 胡适：《中国新文学大系·建设理论集》导言（影印本），上海文艺出版社 2003 年 7 月版。

② 同上。

> 以往的研究者在阐释《人的文学》时，往往细读不够，从而将“人的文学”所指之“人”作笼统的理解，即把周作人所要解决的“人的问题”里的“人”理解为整体的人类。可是，我在剖析《人的文学》的思想论述逻辑之后，却发现了一个颇有意味、耐人寻思的现象——“人的文学”里的“人”，主要的并非指整体的人类，而是指“儿童”和“妇女”。在《人的文学》里，周作人的“人”的概念，除了对整体的“人”的论述，还具体地把“人”区分为“儿童”与“父母”、“妇女”与“男人”两类对应的人。周作人就是在这对应的两类人的关系中，思考他的“人的文学”的道德问题的。周作人要解放的主要是儿童和妇女，而不是男人。[①]

周作人之所以在提倡“人的道德”时，只批判“三纲”（君为臣纲、夫为妇纲、父为子纲）中的后两纲，却偏偏没有批判居首的“君为臣纲”，是因为在周作人的思想中，男子中心思想是“三纲主义”的思想根柢。关于这一思想，

① 朱自强：《“儿童的发现”：周作人“人的文学”的思想源头》，《中国现代文学研究丛刊》2013 年第 10 期。

周作人后来有明确论述。

1947年，周作人在《杂诗题记》中说：

> 中国古来帝王之专制，原以家长的权威为其基本（家长在亚利安语义云主父，盖合君父而为一者也），民为子女，臣为妾妇……时至民国，此等思想本早应改革矣，但事实上则国犹是也，民亦犹是也，与四十年前故无以异。即并世贤达，能脱去三纲或男子中心思想者，又有几人？今世竞言民主，但如道德观念不改变，则如沙上建屋，徒劳无功。[1]

1948年，周作人在《〈我与江先生〉后序》中进一步把男子中心思想称为封建伦常的"主纲"：

> 三纲主义自汉朝至今已有二千多年的寿命，向来为家天下政策的基本原理，而其根柢则是从男子中心思想出来的，因为女人是男人的所有，所生子女也自然归他所有，这是第二步，至于君与臣的关

① 周作人：《杂诗题记》，钟叔河编订《周作人散文全集》（第9卷），广西师范大学出版社2009年5月版。

系，则是援夫为妻纲的例而来，所以算是第三步了。中国早已改为民国，君这一纲已经消灭，论理三纲只存其二，应该垮台了，事实却并不然，这便因为它的主纲存在，实力还是丝毫没有动摇。①

在树立“人的文学”的“人的道德”时，以“男子中心思想”作为“思想革命”的对象，《人的文学》的这一核心的论述逻辑，也是思想逻辑，体现出周作人现代性思想的独特性以及“国民性”批判的独特性，发人深思。

在《人的文学》一文中，周作人主张“儿童的权利，与父母的义务”，批判“无知的父母，将子女当作所有品，牛马一般养育，以为长大以后，可以随便吃他骑他”这种旧道德，提倡“祖先为子孙生存”这一新道德。《人的文学》的这一思想，与两年后的《儿童的文学》的“儿童本位”的儿童文学理念是一脉相通的。在周作人这里，儿童文学是新文学的重要的、有机的组成部分。“人的文学”“儿童的文学”都是他所主张的“思想革命”的成果。

我在前文说过，“儿童文学”不是一个实体，而是一

---

① 周作人：《〈我与江先生〉后序》，钟叔河编订《周作人散文全集》（第9卷），广西师范大学出版社2009年5月版。

个观念。在中国，第一次使用作为观念的“儿童文学”这一词语的是周作人。在周作人的著述中，“儿童文学”这一概念的形成过程如下：先是在发表于1908年的《论文章之意义暨其使命因及中国近时论文之失》一文中，提出“奇觚之谈”（即德语的“Märchen”，今通译为“童话”），将其与“童稚教育”联系在一起，随后于1912年写作《童话研究》，提出了“儿童之文学”，八年以后，在《儿童的文学》一文中，提出了“儿童文学”这一词语。《儿童的文学》是中国首次出现“儿童文学”这一词语（概念）表述的文献。考虑到《儿童的文学》对后来的中国儿童文学观念的重大影响，我们可以说，周作人《儿童的文学》一出，便宣告了中国儿童文学的诞生（中国儿童文学史的特异面貌是：先有理论后有创作）。

周作人在《儿童的文学》中阐释“儿童文学”这一观念时，其儿童文学观已经基本成熟。不过，他的儿童文学观并不是完全的独创，而是直接受到西方——主要是美国和日本的深刻影响。从观念的发生这一角度看，“儿童文学”这一词语的使用，就很可能是日本影响的结果。

周作人在1923年2月11日出刊的《晨报副镌》上发表了《歌咏儿童的文学》一文。文章开篇有这样的话：“高岛平三郎编，竹久梦二画的《歌咏儿童的文学》，在1910

年出版，插在书架上已经有十年以上了，近日取出翻阅，觉得仍有新鲜的趣味。”（重点号为笔者所加）1944 年时，周作人曾经在《我的杂学》一文中回忆，“我在东京的时候得到高岛平三郎编《歌咏儿童的文学》……”[①] 周作人留学日本，是于 1911 年夏天回国的，如果周作人这一回忆是准确的，那么，得到《歌咏儿童的文学》这本书就是在 1911 年夏天之前，这一时间也与“插在书架上已经有十年以上”这一说法相吻合。从“近日取出翻阅，觉得仍有新鲜的趣味”中的“仍有”和“新鲜”两词来推断，周作人从前一定认真读过这本书，感受到过书中的“趣味”。在周作人的评论中，书有“趣味”，则是最高的评价。

在《歌咏儿童的文学》一文中，周作人引用了高岛平三郎的一段话：“我想我国之缺乏西洋风的儿童文学，与支那之所以缺乏，其理由不同。在支那不重视儿童，又因诗歌的性质上只以风流为主，所以歌咏儿童的事便很稀少，但在我国则因为过于爱儿童，所以要把他从实感里抽象出来也就不容易了。支那文学于我国甚有影响，因了支那风的思想及诗歌的性质上，缺少歌咏儿童的事当然也是有的；

① 周作人：《歌咏儿童的文学》，钟叔河编订《周作人散文全集》（第 3 卷），广西师范大学出版社 2009 年 5 月版。

但是这个影响在和歌与俳句上觉得并不很大。”周作人评价说，“我想这一节话颇有道理”。

我查阅了日文版《歌咏儿童的文学》一书[①],周作人引用的那段话出自高岛平三郎为该书写的《序》，出现《歌咏儿童的文学》一书的第14至15页。其中周作人译为“西洋风的儿童文学”，日文写作“西洋風の児童文学”，“儿童文学”一语的日语表记与当时繁体字汉语表记几乎完全一样。我想,《歌咏儿童的文学》这样一本让周作人长时期感到“新鲜的趣味”，对周作人十分重要的书，其中他很赞赏的高岛平三郎的那段话中的“儿童文学”一语，很可能在当时就引起了他的注意。“儿童文学”一语不仅在《序》中，而且在书中也多次出现，因此，如果说早就读过此书，并感到有“新鲜的趣味”的周作人没有予以注意，几乎是不可能的。我甚至猜想，周作人于1914年用文言文撰写的《童话研究》《童话略论》两篇论文中出现的“儿童之文学”，也很可能就是“儿童文学”这一词语的文言表述。

① 〔日〕高岛平三郎编 :《児童を謳へる文学》，洛陽堂，1910年1月版。

二、“儿童本位”论的思想内涵

周作人在《儿童的书》（收入《儿童文学小论》）一文中说：“总之儿童的文学只是儿童本位的，此外更没有什么标准。”可见，他所主张的儿童文学，一言以蔽之，就是以“儿童本位”的儿童观为原点的“儿童本位”的文学。

在周作人的著述里，最早质疑“成人本位”的儿童观的是写于1912年的《儿童问题之初解》（收入本书附录）一文，因此，可以将此文看作是周作人的“儿童本位”论的出发点。

周作人指出：

> 中国亦承亚陆通习，重老轻少，于亲子关系见其极致。原父子之伦，本于天性，第必有对待，有调合，而后可称。今偏于一尊，去慈而重孝，绝情而言义，推至其极，乃近残贼。……中国思想，视父子之伦不为互系而为统属。儿童者，本其亲长之所私有，若道具生畜然。故子当竭身力以奉上，而自欲生杀其子，亦无不可。

如果说，《儿童问题之初解》一文的主旨之一，是在人格权利上为儿童主张与成人的平等，而写于1913年的《儿童研究导言》（收入本书附录）的主旨则在于揭示儿童在心理、生理上与成人的不同："盖儿童者大人之胚体，而非大人之缩形。……世俗不察，对于儿童久多误解，以为小儿者大人之具体而微者也，凡大人所能知能行者，小儿当无不能之，但其量差耳。"

儿童在人格权利上与成人平等，在心理、生理上与成人不同，周作人于1912年、1913年提出的这两点主张，就是他的"儿童本位"论——中国的"儿童的发现"的两个逻辑支点。

到了写《儿童的文学》，周作人将此前的"儿童本位"的儿童观与关于"儿童的文学"的论述整合了起来。在文中，他不仅继续批判封建的儿童观（"以前的人对于儿童多不能正当理解，不是将他当作缩小的成人，拿'圣经贤传'尽量的灌下去，便将他看作不完全的小人，说小孩懂得甚么，一笔抹杀，不去理他。"），而且还进一步深入揭示儿童的心灵世界，指出其"独有的意义和价值"："儿童在生理心理上，虽然和大人有点不同，但他仍是完全的个人，有他自己的内外两面的生活。儿童期的二十几年的生活，一面固然是成人生活的预备，但一面也自有独立的意义与价值，因为全生活只是一个生长，我们不能指定那一截的时期，是真正的生活。”“我们承认儿童有独立的生活，就是说他们内面的生活与大人不同，我们应当客观地理解他们，并加以相当的尊重”。周作人将童年看作“自有独立的意义与价值”的存在这一价值立场非常重要。他后来对种种“教训”和“读经”的批判，出发点就与这一价值立场有关。

关于周作人的“儿童本位”思想的理论资源，儿童文学史研究者或者语焉不详，或者将其说成是受了杜威的儿童中心主义的影响，特别是后一种说法，在儿童文学界流布甚广，但是，无论是在学理上，还是在实证上，都是站不住脚的。

在学理上，杜威的儿童中心主义是一种教育理论，而周作人的“儿童本位”论则是一种文化批判理论，所谓“‘儿童本位论’是‘儿童中心主义’的中国化了的理论表述和用语”[①]，是混淆了这两种理论的性质和功能。特别值得辨析的是吴其南的“推演”说法：“杜威的儿童本位论主要是一种教育—教学理论，在五四时的中国，经过周作人、胡适等鼓吹推演，与文化人类学、‘复演说’相融合，

① 方卫平：《中国儿童文学理论批评史》第180页，江苏少年儿童出版社1993年8月版。

才变成一种儿童文学理论。”[①]

当吴其南说“‘儿童本位论’主要是一种教育理论”的时候，他恐怕完全没有关注到周作人在《苦茶——周作人回想录》中说过的话：

> 以前的人对于儿童多不能正当理解，不是将他当作小型的成人，期望他少年老成，便将他看作不完全的小人，说小孩懂得什么，一笔抹杀，不去理他。现在才知道儿童在生理心理上虽然和大人有些不同，但他仍是完整的个人，有他自己内外两面的生活。这是我们从儿童学所得来的一点常识，假如要说救救孩子，大概都应以此为出发点的。（重点号为笔者所加）[②]

从这段话可以清楚地了解到，周作人的儿童本位的儿童观的出发点是“救救孩子”。但是，杜威的儿童中心主义则不是为了“救救孩子”，而是倡导教育教学的中心不

① 吴其南：《20世纪中国儿童文学的文化阐释》第96页，中国社会科学出版社2012年4月版。

② 周作人：《苦茶——周作人回想录》第310—311页，第539页，敦煌文艺出版社1995年3月版。

在学科（教师、教材），而在儿童。两者完全处于不同的思想和理论维度。

周作人的儿童本位论主要是一种文化批判理论，是一种思想革命，它的核心是反对封建文化中的成人对儿童的压迫，为儿童争得做人的权利，争得拥有属于自己的文学的权利。周作人所拥有的历史、所处的时代和社会，与杜威所拥有的历史、所处的时代和社会有根本的不同，因此，周作人的儿童本位论与杜威的儿童中心主义自然有着不同的诉求。

在实证上，周作人的"儿童本位"论从来没有与杜威的"儿童中心主义"发生过交集，周作人有七篇文章提到过杜威，都没有什么好感，而且与"儿童中心主义"没有丝毫关系。既没有好感，又没有文献史料能证明的思想上的交集，怎么谈得到什么影响呢？

我想引用我在《现代儿童文学文论解说》一书中对周作人所使用的"儿童本位"一语的语源所作的考证，指出他的"儿童本位"论理论借鉴的一个方向。

> 吴其南认为周作人等人使用的"儿童本位"中的"'本位'原是一个金融学用语"，其实是不对的。我曾说周作人使用的"儿童本位"来自于日语语汇，

这是有事实依据的。

首先，在语言表述上，从周作人等人所使用的“本位”一词的意义来看，它应该取自日语语汇。

查日语《学研国语大词典》，对“本位”（日语表记与汉语完全相同）一词的解释是——

本位：（名词）（1）原来的位置。以前的位置。（2）成为（思想和行为的）中心的基准或标准。作为结尾词，也接在名词后面使用，表示将其作为思想和行为的中心。

而查汉语的《现代汉语词典》，对“本位”一词的解释是——

本位：（1）货币制度的基础或货币价值的计算标准：金～｜银～｜～货币。（2）自己所在的单位；自己的工作岗位：～主义｜做好～工作。

可见，周作人等人的“儿童本位”一语的用法，不是《现代汉语词典》所说的任何一种用法，而是《学研国语大词典》里说的第二种用法。在明治时代，周作人所欣赏的日本文豪夏目漱石就使用了“本位”一语。上述《学研国语大词典》里，解释“本位”词条时，作为例句，引用了夏目漱石于1909年在春阳堂出版的《文学评论》中的一句：“我感到，这一倾向似乎正在成为著述的本位……”所以，说周作人的“儿童本位”论的“本位”一词的语源是日语，这是符合逻辑的。

其次，从文献上的直接影响来看，我查阅到，高岛平三郎所著《应用于教育的儿童研究》(即周作人所说的《儿童研究》)一书的目录和正文里，都出现了“儿童本位”一语。完全可以猜想，周作人所用“儿童本位”这一表述，很可能就来自高岛平三郎的这部著作。①

我认为，影响周作人“儿童本位”的儿童观的思想来源，主要是美国和日本的儿童学、“定人类行为的标准”的“生物学”、“个人主义的人间本位主义”，而不是西方人类学派，也不是杜威的“儿童中心主义”。

周作人的“儿童本位”的儿童文学理论在20世纪20年代，几乎就是人们讨论儿童文学时的立论标准。到了30年代，由于时代风潮以及苏联儿童文学的影响，出现了从浪漫主义向现实主义的转向，周作人的“儿童本位”论的

① 朱自强：《现代儿童文学文论解说》第80—81页，海豚出版社2014年12月版。

影响式微。到了 50、60 年代，“儿童本位”论成了被批判的靶子。到了 80 年代，很多学者对周作人的“儿童本位”论的评价虽然有很大变化，但是依然有所保留。

1988 年，方卫平发表了《儿童文学本体观的倾斜及其重建》一文。正如题目所示，他在文中将以周作人为代表的现代“儿童本位”论视为“倾斜”的儿童文学本体观，认为“在这里，儿童心理不仅成了儿童文学活动的唯一出发点和归结点，而且被看成是儿童文学观念性本体的唯一构成物，或者说，它成了唯一制约、统摄儿童文学活动的力量。”[①] 方卫平对“儿童本位”论的这种判定，并不符合周作人的“儿童本位”论的实际内涵。

1921 年，周作人翻译了日本柳泽健原的《儿童的世界》（收入本书附录）。文中有这样的话：“……大人在本质上不能再还原为儿童，是当然的了。……大人所见的儿童的世界必不会是儿童所见的儿童的世界。这样的纯粹的儿童的世界的事情，只一切交与儿童的睿智与灵性便好了；人人没有阑入其间的必要，也没有这个资格。大人对于儿童应做的事，并不是去完全变成儿童，却在于生出在

---

① 方卫平：《儿童文学本体观的倾斜及其重建》，《儿童文学研究》1988 年第 6 期。

儿童的世界与大人的世界的那边的‘第三之世界’。”周作人在译后附识中说，“这篇小文里有许多精当的话”。我想这“许多精当的话”，就应该包括这一段。

周作人在思考关于儿童文学的思想内涵的构成时，受到了柳泽健原的上述那句话的深刻影响，直接将“第三之世界”借用了过来，并作了引申——就在翻译《儿童的世界》的同一年，周作人在与赵景深就童话作书信讨论时，使用了“第三之世界”这一用语：

> 安徒生与王尔德的童话的差别，据我的意见，是在于纯朴(Naive)与否。王尔德的作品无论哪一篇，总觉得很是漂亮，轻松，而且机警，读去极为愉快，但是有苦的回味，因为在他童话里创造出来的不是‘第三的世界’，却只在现实上覆了一层极薄的幕，几乎是透明的，所以还是成人的世界了。安徒生因了他异常的天性，能够复造出儿童的世界，但也只是很少数，他的多数作品大抵是属于第三的世界的，这可以说是超过成人与儿童的世界，也可以说是融合成人与儿童的世界。……我相信文学的童话到了安徒生而达到理想的境地，此外的人所作的都是童

话式的一种讽刺或教训罢了。[①]

可见，周作人规划、设计的儿童文学的理想状态是安徒生童话那样的拥有"融合成人与儿童的世界"的"第三的世界"的作品，而并非如方卫平所说的把儿童心理"看成是儿童文学观念性本体的唯一构成物"。方卫平的这一误解，可能是因为没有对周作人全部儿童文学论述进行整体性梳理、考察和辨析。

三、周作人的"儿童本位"论的主体性及实践价值

近年来，学术界颇有对五四新文化运动的启蒙精神与实践持怀疑和批判立场的人。其中对现代性的否定，实在是缺乏陈寅恪所主张的对于古人之学说，应具了解之同情这一精神。不仅在中国，在美国也有此等反对启蒙的现象。曼弗雷德·盖尔曾指出："在美国，人们发现了被描述为'后启蒙'的大倒退：思维方式的特点是，理性的论证、批判性的争鸣和坦诚的理解越来越少，反对启蒙的声浪越

① 周作人：《童话的讨论》，钟叔河编订《周作人散文全集》（第2卷）第593页，广西师范大学出版社2009年5月版。

来越高，反对宗教宽容、政治自由、思想开放、文化多样性、相互尊重和世界公民气质。”[①]

有人说，五四启蒙运动失败了，原因是某些民众的“监护人”或者说知识精英居高临下对老百姓进行启蒙，把民众当做儿童进行引导、教育。我不认为用“科学”和“民主”先来启蒙自己，然后再去唤醒民众这一启蒙姿态有什么过错。虽然由于“救亡”大势以及传统的束缚，启蒙运动中途退潮，但是依然留下了“思想革命”的成果。儿童文学即是其中之一。那些从根本上否定五四启蒙的人，往往都是看不到历史事实、缺乏逻辑思考能力的人。

我在《西方影响与本土实践——论中国“儿童本位”的儿童文学理论的主体性问题》一文中说：

> 在中国的儿童文学启蒙的历史评价上，我本人坚持两个立场。第一，拒绝绝对真理这一幻想，而主张采用实用主义真理观的方法。历史是一种选择的结果。历史中没有理想的乌托邦，有的只是相对合理的实践性选择。在儿童文学的启蒙上，彻底的

---

① 曼弗雷德·盖尔：《启蒙：一个欧洲项目》前言，广西师范大学出版社 2016 年 5 月版。

反传统就是相对合理的选择。因为对儿童文学的“启蒙”来说，与继承中国传统相比，借鉴与中国传统是异质的西方的“现代性”更有效。这已经是由历史所证明了的事实。由这一问题，就引出了我的第二个立场，即拒绝假设历史。所谓假设历史，就是假设我们即使不决然否定传统的“三纲”主义，照样可以实现儿童文学的启蒙。但是，这是无法通过历史实践来证明其确实可行的一个假设。历史能够证明的只是，我们在借鉴西方的学术和思想，实践西方的现代性的过程中，实现了儿童文学的启蒙。①

正如上述文章的题目所示，在借鉴西方的现代性思想和学术基础上产生的中国的“儿童本位”的儿童文学理论是具有自身的主题性的。拿周作人来看，他在《我的杂学》一文中就说：“我从古今中外各方面都受到各样影响，分析起来，大旨如上边说过，在知与情两面分别承受西洋与日本的影响为多，意的方面则纯是中国的，不但未受外来感化而发生变动，还一直以此为标准，去酌量容纳异国

① 朱自强：《西方影响与本土实践——论中国“儿童本位”的儿童文学理论的主体性问题》，《中国海洋大学学报》2017年第4期。

的影响。"[1]很清楚，这个"意"是"酌量容纳异国的影响"的标准。周作人还进一步解释了他身上的"意"和"知与情"之间的关系："意""这个主意既是确定的，外边加上去的东西自然就只在附属的地位，使他更强化与高深化，却未必能变化其方向。我自己觉得便是这么一个顽固的人，我的杂学的大部分实在都是我随身的附属品，有如手表眼镜及草帽，或是吃下去的滋养品如牛奶糖之类，有这些帮助使我更舒服与健全，却并不曾把我变成高鼻深目以至又有牛的气味。"[2]

周作人所谓"意"，用他自己的话解释就是"中国人所有的以生之意志为根本的那种人生观"。[3]对其具体构成，周作人解释说：

> 这个我向来称之曰儒家精神，虽然似乎有点笼统，与汉以后尤其是宋以后的儒教显有不同，但为得表示中国人所有的以生之意志为根本的那种人生观，利用这个名称殆无不可。我想神农大禹的传说

---

① 周作人：《我的杂学》，见周作人著：《苦口甘口》，河北教育出版社2002年1月版。

② 同上。

③ 同上。

> 就从这里发生，积极的方面有墨子和商韩两路，消极方面有庄杨一路，孔孟站在中间，想要适宜的进行，这平凡而难以实现的理想我觉得很有意思，以前屡次自号儒家者即由于此。[①]

其实，周作人自号的儒家，是杂糅了墨、法、道、儒这数家的中国传统思想，耐人寻味的是他说这杂糅的思想“与汉以后尤其是宋以后的儒教显有不同”。

我在《中国儿童文学与现代化进程》一书中，在讨论周作人的“主体的现代性”时，连引带评，写下过这样一段话：

> 周作人在《日本近30年小说之发达》中，反对“中学为体，西学为用”这一“勉强去学”的“老主意”，认为“要想救这弊病，须得摆脱历史的因袭思想，真心的先去模仿别人。随后自能从模仿中蜕化出独创的文学来”。周作人在与友人讨论“国民文学”时说：“我不知怎地很为遗传学所迫压，

① 周作人：《我的杂学》，见周作人著：《苦口甘口》，河北教育出版社2002年1月版。

> 觉得中国人总还是中国人，无论是好是坏，所以保存国粹正可不必，反正国民性不会消失，提倡欧化也是虚空，因为天下不会有像两粒豆那样相似的民族，叫他怎么化得过来。”此语虽然说得有些无奈，但也确是洞察文化影响结果的周作人的放松姿态。周作人下面这句话可以说明他学习西方文化的立场：“中国日下吸收世界的新文明，正是预备他自己的‘再生’。”[①]

我认为，以周作人为代表的具有“思想革命”性质的“儿童本位”理论，就是中国儿童文学的“自己的‘再生’”。

“橘生淮南则为橘，生于淮北则为枳。”受西方影响而生于中国土壤的周作人的儿童文学理论有着不同于西方儿童文学的特质。其最根本的不同是：西方的儿童文学在产生之时，身上没有“三纲”主义中的“父为子纲”这一伦理传统的重负。中国儿童文学因为有了成人本位的“父为子纲”这一重负，在其发展、演变的道路上，就背负着与

① 朱自强：《中国儿童文学与现代化进程》第271—272页，浙江少年儿童出版社2000年12月版。

其抗争的宿命。由于根深蒂固的“成人本位”的传统，儿童文学中常常出现“教训”和“读经”的因子，因为持着“儿童本位”论，周作人对此具有超出常人的本能一般的敏感性。他在《读〈童谣大观〉》《读〈各省童谣集〉》《关于儿童的书》《童话与伦常》《〈长之文学论文集〉跋》等文章中，对各种各样的“教训”和“读经”不遗余力地进行批判。周作人自五四新文学运动起至30年代中期止，在儿童学、儿童文学领域，一直在坚持启蒙精神，没有改变自己的思想者这一形象。

不仅在现代，而且在当代乃至当下，周作人的“儿童本位”思想仍然具有实践的意义和价值。周作人的“儿童本位”的思想和理论，在1978年以后的改革开放的时代里，更是被朱自强、刘绪源等学者继承，发展成为中国当代最有影响的一种儿童文学理念。贯穿于中国儿童文学百年历史的“儿童本位”论，不仅从前解决了，而且目前还在解决着儿童文学在中国语境中面临的诸多重大问题、根本问题，它在实践中，依然拥有马克思所说的“现实性和力量”。

2018年3月4日

于中国海洋大学儿童文学研究所

目　录

序

张一渠君是我在本省第五中学教书时候的同学。那时是民国二年至六年，六年春季我来北京，以后没有回去过，其时张君早已毕业出去了。十九年冬忽然接到张君来信，说现在上海创办儿童书局，专出儿童一切用书，叫我给他帮忙。这事是我很愿意做的，因为供给儿童读物是现今很切要的工作，我也曾想染指过的，但是教书的职业实在是忙似闲，口头答应了好久，手里老是没有成绩，老实说，实在还未起手。看看二十年便将完了，觉得这样迁延终不是事，便决心来先编一小册子聊以塞责，待过了年再计划别的工作。写信告诉张君，他也答应了，结果是这一册《儿童文学小论》。

这里边所收的共计十一篇。前四篇都是民国二三年所作，是用文言写的。《童话略论》与《研究》写成后没有地方发表，商务印书馆那时出有几册世界童话，我略加以批评，心想那边是未必要的，于是寄给中华书局的《中华教育界》，信里说明是奉送的，只希望他送报一年，大约定价是一块半大洋罢。过了若干天，原稿退回来了，说是不合用。恰巧北京教育部编纂处办一种月刊，便白送给他刊登了事，也就恕不续做了。后来县教育会要出刊物，由我编辑，写了两篇讲童话儿歌的论文，预备补白，不到一年又复改组，我的沉闷的文章不大适合，于是趁此收摊，沉默了有六七年。民国九年北京孔德学校找我讲演，才又来饶舌了一番，就是这第五篇《儿童的文学》。以下六篇都是十一二三年中所写，从这时候起注意儿童文学的人多起来了，专门研究的人也渐出现，比我这宗"三脚猫"的把戏要强得多，所以以后就不写下去了。今年东方杂志的友人来索稿，我写了几篇"苦茶随笔"，其中第六则是介绍安特路阑（Andrew Lang）的小文，题名"习俗与神话"，预计登在三月号的《东方》之后再收到这小册里去，不意上海变作，闸北毁于兵火，好几篇随笔都不存稿，也无从追录，只好就是这样算了。

我所写的这些文章里缺点很多，这理由是很简单明显的，要研究讨论儿童文学的问题，必须关于人类学民俗学儿童学等有相当的修养，而我于此差不多是一个白丁，乡土语称作白木的就是，怎么能行呢？两年前我曾介绍自己说，“他原是水师出身，自己知道并非文人，更不是学者，他的工作只是打杂，砍柴打水扫地一类的工作。如关于歌谣童话神话民俗的搜寻，东欧日本希腊文艺的移译，都高兴来帮一手，但这在真是缺少人工时才行，如各门已有了专攻的人，他就只得溜了出来，另去做扫地砍柴的勾当去了。”所以这些东西就是那么一回事，本没有什么结集的价值，夫日月出矣而爝火不息，其于光也不亦难乎，这个道理我未尝不知道。然而中国的事情有许多是出于意外的。这几篇文章虽然浅薄，但是根据人类学派的学说来看神话的意义，根据儿童心理学来讲童话的应用，这个方向总是不错的，在现今的儿童文学界还不无用处。中国是个奇怪的国度，主张不定，反复循环，在提倡儿童本位的文学之后会有读经——把某派经典装进儿歌童谣里去的运动发生，这与私塾读《大学》《中庸》有什么区别。所以我相信这册小书即在现今也还有他的用处，我敢真诚地供献给真实地顾虑儿童的福利之父师们。这是我汇刊此书的主要目的，至于敝帚自珍，以及应酬张君索稿的雅意，那实在还是其次了。

民国二十一年二月十五日，周作人序于北平。

童话略论

一　绪言

儿童教育与童话之关系，近已少少有人论及，顾不揣其本而齐其末，鲜有不误者。童话研究当以民俗学为据，探讨其本原，更益以儿童学，以定其应用之范围，乃为得之。聊举所知，以与留意斯事者一商兑焉。

二　童话之起原

童话（Märchen）本质与神话（Mythos）世说（Saga）实为一体。上古之时，宗教初萌，民皆拜物，其教以为天下万物各有生气，故天神地祇，物魅人鬼，皆有定作，不异生人，本其时之信仰，演为故事，而神话兴焉。其次亦述神人之事，为众所信，但尊而不威，敬而不畏者，则为世说。童话者，与此同物，但意主传奇，其时代人地皆无定名，以供娱乐为主，是其区别。盖约言之，神话者原人之宗教，世说者其历史，而童话则其文学也。

故有同一传说，在甲地为神话者，在乙地则降为童话，大抵随文化之变而为转移，故童话者不过神话世说之一支，其流行区域非仅限于儿童，特在文明之国，古风益替，此种传说多为儿童所喜，因得藉以保存，然在农民社会流行亦广，以其心理单纯，同于小儿，与原始思想合也。或乃谓童话起原由于儿童好奇多问，大人造作故事以应其求，则是望文生义，无当于正解也。

三　童话之分类

童话大要可分为二部：

（一）纯正童话，即从世说出者，中分二类。

甲　代表思想者。多以天然物为主，出诸想像，备极灵怪，如变形复活等式皆是。又物源童话，说明事物原始，如狼何以无尾亦属之。

乙　代表习俗者。多以人事为主，亦极怪幻，在今日视若荒唐，而实根于原人之礼俗。如食人掠女诸式童话属之。

（二）游戏童话，非出于世说，但以娱悦为用者，中分三类。

甲 动物谈。模写动物习性动作，如狐之狡，狼之贪，各因其本色以成故事。

乙 笑话。多写人之愚钝剌谬，以供哄笑，如后世谐曲，越中有呆女婿故事，其说甚多。

丙 复叠故事。历述各事，或反复重说，渐益引长，初无义旨，而儿童甚好之，如英国“That is the House Jack Built”最有名，是盖介于儿歌与童话之间者，顾在乡村农民亦或乐此，则固未能谓纯属于儿童也。

四 童话之解释

童话取材既多怪异，叙述复单简，率尔一读，莫明其旨，古人遂以为荒唐之言，无足稽考，或又附会道德，以为外假谰言，中寓微旨，如英人之培庚，即其一人。近世德人缪勒（Max Müller）欲以语病说解之，亦卒不可通。英有安特路阑（Andrew Lang）[①] 始以人类学法治比较神话学，于是世说童话乃得真解。其意以为今人读童话不能解其意，然考其源流来自上古，又傍征蛮地，则土人传说亦有类似，可知童话本意今人虽不能知，而古人知之，文明

---

① 安特路阑：即安德鲁·朗格（1844—1912），所编《朗格童话》是一部世界著名的童话集。——编者注（以下注释除注明原注外，均为编者注，不再一一说明）

人虽不能知，而野人知之，今考野人宗教礼俗，率与其所有世说童话中事迹两相吻合，故知童话解释不难于人类学中求而得之，盖举凡神话世说以至童话，皆不外于用以表见原人之思想与其习俗者也。

今如变形之事，童话中多有之。人兽易形，木石能言，事若甚奇，然在野人则笃信精灵，人禽木石，同具精气，形躯但为寄托之所，随意变化，正复当然，不足为异。他若杀人而食，掠女为妻，在野蛮社会中亦习见之事。童话又言帝王多近儿戏，王子牧豕于野，行人叩门，则王自倒屣启关，是亦非故为简单，求合于童心也，实则在酋长制度之下，其所谓元首之尊严，正亦不过尔尔。明于此，斯童话之解释不难了然矣。

五　童话之变迁

童话中事实既与民族思想及习俗相合，在当时人心固了不以为诡异，及文化上遂，旧俗渐革，唯在传说之中尚存踪迹，而时代逴远，忘其往昔，则以为异俗惊人，率加粉饰，遂至渐失本真，唯推原见始，犹不难知。童话中食人之习，其初本人自相食，渐变而为物魅，终复改为猛兽。又如物婚式童话，初为以兽偶人，次为物魅能幻为人者，终为本是生人，而以魔术诃禁，暂见兽形，复得解脱者。凡此皆应时饰意，以免骇俗，变迁之迹，至为显著者也。

故童话者，本于原始宗教以及相关之习俗以成，顾时代既遥，亦因自然生诸变化，如放逸之思想，怪恶之习俗，或凶残丑恶之事实，与当代人心相抵触者，自就删汰，以成新式。今之以童话教儿童者，多取材于传说，述而不作，但删繁去秽，期合于用，即本此意，贤于率意造作者远矣。

六　童话之应用

童话应用于教育，今世论者多称有益，顾所主张亦人人殊，今第本私意，以为童话有用于儿童教育者，约有三端。

（一）童话者，原人之文学，亦即儿童之文学，以个体发生与系统发生同序，故二者，感情趣味约略相同。今以童话语儿童，既足以餍其喜闻故事之要求，且得顺应自然，助长发达，使各期之儿童得保其自然之本相，按程而进，正蒙养之最要义也。

（二）凡童话适用，以幼儿期为最，计自三岁至十岁止，其时小儿最富空想，童话内容正与相合，用以长养其想像，使即于繁富，感受之力亦渐敏疾，为后日问学之基。

（三）童话叙社会生活，大致略具，而悉化为单纯，儿童闻之，能了知人事大概，为将来入世之资。又所言事物及鸟兽草木，皆所习见，多识名物，亦有裨诵习也。

以上三端，皆其显者，若寄寓训戒，犹为其次。德国学者以《狼与七小羊》（《格林童话集》第五篇）一话教母子相依之谊，不过假童话本事，引起儿童注意，暗示其理，若寓言之用，亦正在令人意会，后缀格言，犹为蛇足，以敷陈道理，非数岁儿童所能领解，兴趣又复索然，且将失其本来之价值也。

七　童话之评骘

民族童话大抵优劣杂出，不尽合于教育之用，当决择取之。今举其应具之点，约有数端：

（一）优美。以艺术论童话，则美为重，但其美不在藻饰而重自然，若造作附会，则趣味为之杀，而俗恶者更无论矣。

（二）新奇。此点凡天然童话大抵有之。

（二）单纯。单纯原为童话固有之德，其合于儿童心理者亦以此，如结构之单纯，脚色之单纯（人地皆无定名），叙述之单纯，皆其特色。若事情复杂，敷叙冗长，又寄意深奥，则甚所忌也。

（四）匀齐。谓段落整饬，无所偏倚，若次序凌乱，首尾不称，皆所不取，故或多用楔子，以足篇幅，徒见杂糅，无所益也。

中国童话未经搜集，今所有者，出于传译，有《大拇指》及《玻璃鞋》为佳，以其系纯正童话，《无猫国》盛行于英，但犹《今古奇观》中“洞庭红”故事，实世说之流也。《大拇指》各国均有传说，《格林（Grimm）童话集》中第三十七及五十皆其一则，英国所传以市本（Chapbook）中所出一本为胜，多滑稽之趣。《玻璃鞋》者通称“灰姑娘”（Cinderella），其事皆根于上古礼俗，颇耐探讨，今所通用以法 Perault[1] 所述本为最佳，华译删易过多，致失其意，如瓜车鼠马，托之梦中，老婆亦突然而来，线索不接，执鞋求妇，不与失履相应，则后之适合为无因，殊病支离也。此外中国史实，本非童话，但足演为传记故事，以供少年期之求，若陶朱公事，世故人情阅历甚深，顾幼儿不能解，且其气分郁塞，无愉快之气，亦非童话之所宜也。

---

① Perault：即夏尔·贝洛（1628—1703），法国童话家，著有《贝洛童话》。

八 人为童话

天然童话亦称民族童话，其对则有人为童话，亦言艺术童话也。天然童话者，自然而成，具种人之特色，人为童话则由文人著作，具其个人之特色，适于年长之儿童，故各国多有之。但著作童话，其事甚难，非熟通儿童心理者不能试，非自具儿童心理者不能善也。今欧土人为童话唯丹麦安兑尔然（Andersen）[①]为最工，即因其天性自然，行年七十，不改童心，故能如此，自郐以下皆无讥矣。故今用人为童话者，亦多以安氏为限，他若美之诃森（Hawthorne）[②]等，其所著作大抵复述古代神话，加以润色而已。

九 结论

上来所述，已略明童话之性质，及应用于儿童教育之要点，今总括之，则治教育童话，一当证诸民俗学，否则不成为童话，二当证诸儿童学，否则不合于教育，且欲治教育童话者，不可不自纯粹童话入手，此所以于起原及解释不可不三致意，以求其初步不误者也。

---

① 安兑尔然：即丹麦童话作家安徒生。

② 诃森：即霍桑（1804—1864），美国小说家，著有《红字》、童话《乱树丛故事》等。

童话研究

一

童话（Märchen）之源盖出于世说（Saga），惟世说载事，信如固有，时地人物，咸具定名，童话则漠然无所指尺，此其大别也。生民之初，未有文史，而人知渐启，监于自然之神化，人事之繁变，辄复综所征受，作为神话世说，寄其印感，迨教化迭嬗，信守亦移，传说转昧，流为童话。征诸上国，大较如是，而荒服野人，闻异邦童话，则恒附以神人之名，录为世说用之。二者之间，本无大埂，惟以化俗之殊，乃生转移而已。

故今言童话，不能不兼及世说，而其本原解释则当于比较神话学求之。自文教大敷，群俗悉革，及今而闻在昔之谭，已谊与时湮，莫得通释，西方学者多比附事实，或寻绎语源，求通其指，而涂附之说，适长歧误，及英人安特路阑出，以人类学法为之比量。古说荒唐，今昧其意，然绝域野人，独能领会，征其礼俗，诡异相类，取以印证，一一弥合，乃知神话真诠，原本风习，今所谓无稽之言，其在当时，乃实文明之信史也。

原始文明之见于神话者，大较二本。一本于思想，一本于制度，二者亦复交互出入。原人之教多为精灵信仰（Animism），意谓人禽木石皆秉生气，形躯虽异，而精魂无间，能自出入，附形而止，由是推衍，生神话之变形式。人兽一视，而物力尤暴，怨可为敌，恩可为亲，因生兽友及物婚式。崇兽为祖，立图滕之制，其法不食同宗之兽，同徽为妃，法为不敬，男子必外婚，以劫夺为礼，因生盗女式。复次，形神分立，故躯体虽殒，招魂可活，因生回生式，而藏魂及生死符诸式隶之。又以联念作用，虚实相接，斯有感应魔术，能以分及全，诅爪发呼名氏而贼其身，因生禁名式。传家以幼，位在灶下，因生季子式。异族相食，因生食人式，用人祭鬼，亦多有之。以上所言，皆其荦荦大者，足见一例，若详细疏引，则更仆不能尽也。

又如童话（及在世说中）言帝王之事，虽状至尊严，而躬亲操作，不异常人。希腊史诗《阿迭塞亚》（*Odysseia*）[①]

---

① 阿迭塞亚：今译奥德赛。古希腊史诗《奥德赛》的主人公，又译奥德修斯。

记王与牧人为友，门前即为豖苙，阿迭修思至代该亚之岛，则见王女浣衣河干。格林所集童话，亦有云，昔在此乡，有小王数人，散居山陂间。依此数例，部落遗风，约略可见，所谓王者实即酋长，且王女下嫁，及于厮养，位不传子而归赘婿，斯与母统时代婚姻嗣续之法，正相合也。

凡童话言男子求婚，往往先历诸难而后得之，末复罗列群女，状貌如一，使自辨别。今世亦故有此习，匈加利乡曲婚夕，新妇偕二女伴匿帷后，令男子中之，法国罗梭之地亦然，马来埃及苏鲁诸国皆有此俗。其意本非相难，但故为迷乱，俾不得猝辨。盖古人初旨，男女姘合，谊至神秘，故作此诸仪式，以禳不若，如今欧俗新妇成礼，多从女伴，正其遗风，越中亦犹有伴姑之名。

又童话多言劫女事，则上古盗婚之遗。所言皆具人形，而非异物，故与物婚式殊类。其人率为巨人，或枳首一目而止，日耳曼童话多言侏儒，法英诸邦则有地中人曰咈黎（Faerie），爱尔兰人讳其名曰善人，皆能取人间子女，顾案其实，乃不过昔之胜民，或为异族。希腊诃美洛斯（Homeros 或译荷马）诗中有赖尸屈列刚，居夜半日出之地者，实北欧之先民也。盖异族逼处，各怀畏心，而胜民窜迹于深密之地，状至委琐，洎夫时异境迁，记忆转晦，传说古事，但存仿佛，故强者有若巨人，弱者有若侏儒，附会神怪，爰成此说。中国童话虽鲜有此，然《山经》所记多有三身一臂之民，亦此意也。

二

今将就中国童话，少加证释，以为实例。第久经散逸，又复无人采辑，几将荡然，故今兹所及，但以儿时所闻者为主，虽止一二丛残之作，又限于越地，深恨阙漏，然不得已，尚期他日广搜遍集，更治理之耳。

越童话有蛇郎者，略云：樵人有三女，一日入山，问女所欲，幼者乞得鲜花一枝，樵方折华，乃遇蛇郎，言当以一女见妻，否则相噬。季女请往，他日其姊造访，妒其富美，诱使窥池，溺而杀之，自以身代。女死化为鸟（越俗名清水鸟，多就清水池取虫蛆为食），哀鸣树间，姊复杀之（一作溺泔水缸中死之），埋诸园中，因生枣木。蛇郎食之，其实甚甘，姊若取啖，皆化毛虫，乃伐以为灶下榻。蛇郎用之甚适，姊坐辄蹶，又碎而然之，木乃暴裂，中姊之目，遂瞎（一作火发烂姊手，遂废）。

案此犹欧洲童话之《美与兽》一类，所谓物婚式也。蛮荒之民，人兽等视，长蛇封豕，特人之甲而毛者，本非异物，故昏媾可通，况图滕之谊方在民心，则于物婚之事，纵不谓能见之当世，若曰古昔有之，斯乃深信不疑者也。

东方之俗，有凭托术数，以人配鸟或树，用为诃禁者，如印度人所为，谓能厌丧偶，正古风之留遗也。

物婚式童话最为近纯，其中兽偶，皆信为异类。北美土人传说，多有妇人与蛇为匹，极地居人亦言女嫁蝘蜓事，其关于图滕起原者传说尤众。中国所传盘瓠之民，即其一例。迨及后世，渐见修饰，则其物能变形为人，或本为人类而为魔术所制者，西方《美与兽》之说，为其第三类，盖其初为物，次为物彪，又次为人，变化之迹，大较如此也。

此式童话中，多具折华一节，盖亦属于禁制（Tabu），又以草木万物皆有精灵，妄肆摧折，会遭其怒，故野人获兽，必祝其鬼，或诿咎于弓矢，伐木则折枝插地，代其居宅，俾游魂有依，不为厉也，于此仿佛可见遗意。

化鸟一节，多见之故妻式童话中，大都由人以术化女为鸟或鱼鹿等，而自代之，其人率为妖巫，或为后母，或为女姊，鸟自鸣冤，复得解脱，置罪人于法。新希腊一说，有奴溺女于井，化而为鳣，奴伪为主妇，取鳣杀之，弃骨园中，化为柠檬，复伐作薪，木语老仆，以株击上下，女得更生，此与回生式中埃及之兄弟传说近似，惟男女易性而已。

易女之事，亦可以实例明之。原民婚礼，夫妇幽会，不及明而别，至生子乃始相见，欧土乡曲亦有新婚之夕不相觌面者，中国新妇之绛巾，亦其遗意。童话中如希腊之《爱与心》（见亚普刘思著《变形记》卷四至六）亦言女不守约，中夜然火窥夫，遂即离散，所谓破禁式者，即由此意。由是推引，故合昏既久而中道代易，弗及觉察，正为常事。蛇郎以姊大足而面多瘢痕为怪，姊诡言由于操作及枕麻袋故尔，则殆后世夸饰。盖世说之初，以宗教族类之关系，务主保守，故少变易，迨为童话，威严已去，且文化转变，本谊渐晦，则率加以润色，肆意增削缘附以为诠释，此童话分子之所以杂糅也。

童话述兄弟或姊妹共举一事，少者恒成，或独贤良，说者谓长兄既先尝试，相继败绩，终及少子，故必成事，此或行文之法使尔，然征诸史事，乃别有故。欧洲中世有所谓季子权者，法以末子传家，无子则传末女，英国十三世纪时犹有行者，东方鞑靼诸族亦有此制。论者谓诸子既长，出为公民，不复数为家人，故以幼子承业，若人情之爱少子，盖亦为之傅助，以成此俗，今遗迹之见于童话者，人称季女式（或季子式），蛇郎亦其一也。

国民传说虽与民歌异格，而杂用韵语者亦多有之，盖叙说之中，意有特重，则出以歌吟，如蛇郎欲得樵人女，长姊皆不可，季曰，不可吞爹吃，宁可嫁蛇郎，是也。此他尚有数语，皆为其例，亦有方言未见正字，而精意所在，不可移易，但应疏注而存之者，此采录童话者所应将意也。

三

又有《老虎外婆》者，略云：母有二女，一日宁家，因止宿焉。夕有虎至，伪言母归，及夜共卧，即杀幼女食之，长女闻声询其何作，曰方食鸡骨头糕干也，女乞分啖，乃掷一指予之，女惧谋逸，诡言欲溲，便命溺被中，女诿以被冷，乃索足带牵之，女以带端系溺器盖上，登树匿，虎曳带不见有人，乞猿往捕，猿堕地死，卒不能得（江西一说为猩猩，而无使猿捕女事）。

案此为食人式之一例。希腊史诗言阿迭修斯遇圜目之民，其事最著。异族相食，本于蛮荒习俗，人所共知，其原由于食俭，或雪愤报仇，又因感应魔术，以为食其肉者并有其德，故敢啖之，冀分死者之勇气，今日本俗谓妊娠者食兔肉令子唇缺（《博物志》亦云）越俗亦谓食羊蹄者令足健，食羊睛可以愈目疾，犹有此意也。

童话中食人者多为厉鬼，或为神自吞其子，今所举者则为妖巫类。上古之时，用人以祭，而巫觋承其事，逮后淫祀虽废，传说终存，遂以食人之恶德属于巫师（食人之国祭后，巫医酋长分胙，各得佳肉），故今之妖媪，实古昔地母之女巫，欧洲中世犹信是说，谓老妪窃食小儿，捕得辄焚杀之，与童话所言，可相印证。俄国童话则别称巴巴耶迦（Baba yaga），居鸡脚舍中，日本曰山姥，亦云山母，皆为丑媪，未尝异人，老虎外婆正亦此类，惟以奇俗骇人，因傅兽名，殆非原谊。越中一说有称野扁婆者，未详其意，但亦人类，不言有毛。老虎外婆中言女欲秉火出迎，虎止勿须，坐瓮上，藏其尾，又卧时女怪其毛毵毵然，虎以被裘自解，恐皆后出，以为前言文饰者也。

日本肥后天草岛亦有一说，言有三子，名豆大、豆次、豆三，山姥入其家，夜取豆三啖之，问何声响，答曰食泽庵渍芦菔也，又索食，亦予一指，二人思遁，豆次言欲溺，山姥令溺庭间（方言谓室中泥地），曰恐为庭神所怒，遂得脱，匿井边桃树上，山姥窥水见影，追之，坠地而死。其后又言坠处适在荞麦田中，流血渍麦，故荞麦之壳至今赤色，则转为物原传说，但论大体与《老虎外婆》甚肖，虑非孤生也。山姥而外，犹有山男山女诸名，然皆不为害，其食人者，惟妖鬼与媪而已（北欧俗忌晨出遇老妪，以为不祥）。

国民传说，原始之时类甚简单，大抵限于一事，后渐集数式为一，虽中心同意，而首尾离合，故极其繁变，如上举二式，同为食人，节目亦近，而终乃变异，一为物原传说，一为动物故事，可以见矣。老虎外婆令猿追女，猿以绳绕颈，缘树而上，女惶迫溺下，猿呼热，虎误解为曳（热、曳，越音相近），即曳其绳，猿遂缢死。其结束重在猿虎因缘，与老虎怕漏同，此特多滑稽之趣而已。

《老虎怕漏》者，有虎入人家，闻二人言，甲云虎可畏，乙云漏尤可畏。时方有盗马者来，见虎误为马，跨之而去，虎以为漏也，亦大惧，天明始知，盗避树上，虎偕猿来，亦不胜而死。日本大隅传说，与此相同，惟云主人见虎误为马逸，追之入山，闻败庙中有声，探得猿尾，力拔之，尾绝，故今猿皆赤臀。童话中猿虎事常相因，《老虎外婆》篇中饰人为虎，因袭屋漏中猿事入之，虑非其所故有者也。

以上所言，但就一二越中童话，少加解绎，以为一例。传说残阙，鲜可征对，但据一见以为听断，荒落之处，盖无可免。其次，童话亦函动物故事（略如寓言而不必含有义训者）笑谈（如越中所传呆女婿故事）诸体，第其本事非根民俗，无待征证而后明憭，故不具论，又若世说，当别考索，兹亦不及也。

四

依人类学法研究童话，其用在探讨民俗，阐章史事，而传说本谊亦得发明，若更以文史家言治童话者，当于文章原起亦得会益。盖童话者（兼世说）原人之文学，茫昧初觉，与自然接，忽有感婴，是非畏懔即为赞叹，本是印象，发为言词，无间雅乱，或当祭典，用以宣诵先德，或会闲暇，因以道说异闻，已及妇孺相娱，乐师所唱，虽庄愉不同，而为心声所寄，乃无有异，外景所临，中怀自应，力求表见，有不能自已者，此固人类之同然，而艺文真谛亦即在是，故探文章之源者，当于童话民歌求解说也。

民歌（Ballade）者盖与童话同质，特著以韵言，便于歌吟，其变则有史诗（Epos），犹世说之与童话，四者类似而复差别，介其间者曰歌传（Cante fable），歌谣陈说互相间隔（中国所行市本仿佛似之，又传奇院本起原疑亦与此相关），殆童话之中，多入韵语，或民歌转变，将为散文而未成者也。史诗世说，大都篇章长广，词旨庄重，所叙率神祇帝王及古英雄事迹（亦有说山川城塞诸故事者），上古王侯长老之所信守（神话学上称高级神话），民歌童话则皆简短，记志物事，飘忽无主，齐民皆得享乐，为怡悦之资（称亚级神话），其在文学，则一为古之史册，一为古之诗词，后世著作皆承此出。今之文史，于各国史诗及北方世说，加以论录，而其余盖阙，近世乃有征引民歌以明诗之本原者，其在童话正无所异，或称之为小说之胚胎，殆至当也。

童话取材大旨同一，而以山川风土国俗民情之异，乃令华朴自殊，各含其英，发为文学，亦复如此，可一一读而识之。如爱兰[①]童话，率美艳幽怪，富于神思，斯拉夫居阴寒之地，所言深于迷信，憯烈可怖，与南方法伊之国多婉冶之思者殊矣。东方思想秾郁而夸诞，传叙故极曼衍，如《一千一夜》（通俗称为《天方夜谈》）之书可见，多岛海童话亦优美多诗味，马达斯加所传，特极冗长，在虾夷澳洲诸族，则以简洁胜，莽民及蔼思吉摩[②]文化疏末，犹近古石器时代，凡所著述亦最近自然。日本文教虽承中国之流，而其民爱物色，多美感，洒脱清丽，故童话亦幽美可赏，胜于华土，与他艺术同也。

童话作于洪古，及今读者已昧其指归，而野人独得欣赏。其在上国，凡乡曲居民及儿童辈亦犹喜闻之，宅境虽殊而精神未违，因得仿佛通其意趣。故童话者亦谓儿童之文学。今世学者主张多欲用之教育，商兑之言，扬抑未定：扬之者以为表发因缘，可以辅德政，论列动植，可以知生象，抑之者又谓荒唐之言，恐将增长迷误，若姑妄言之，则无异诏之以面谩。顾二者言有正负，而于童话正谊，皆未为得也。

---

① 爱兰：今译爱尔兰。

② 蔼思吉摩：今译爱斯基摩。

盖凡欲以童话为教育者，当勿忘童话为物亦艺术之一，其作用之范围，当比论他艺术而断之，其与教本，区以别矣。故童话者，其能在表见，所希在享受，撄激心灵，令起追求以上遂也。是余效益，皆为副支，本末失正，斯昧其义。有若传奇，亦艺文之一，以其景写人生，故可假以讨论世故（即社会剧），或以扬榷国闻，然必首具文德，乃始可贵，不然则但得比于常谈，盖喻道益智，未为尽文章之能事也。

童话之用，见于教育者，为能长养儿童之想像，日即繁富，感受之力亦益聪疾，使在后日能欣赏艺文，即以此为之始基，人事繁变，非儿童所能会通，童话所言社会生活，大旨都具，而特化以单纯，观察之方亦至简直，故闻其事即得憭知人生大意，为入世之资。且童话多神怪，并超逸自然不可思议之事，是令儿童穆然深思，起宗教思想，盖个体发生与系统发生同序，儿童之宗教亦犹原人，始于精灵信仰，渐自推移，以至神道，若或自迷执，或得超脱，则但视性习之差，自定其趋。又如童话所言实物，多系习见，用以教示儿童，使多识名言，则有益于诵习，且以多述鸟兽草木之事，因与天物相亲，而知自然之大且美，斯皆效用之显见者也。

又童话于人地时三者皆无限制，且不著撰述名字，凡所论述，悉本客观，于童蒙之心正相遥应，逮知虑渐周，能于文字之中领略著者特性，则有人为童话（与自然童话对）承其乏，如丹麦安兑尔然所著，或葺补旧闻，或抽发新绪，凡经陶冶，皆各浑成，而个性自在，见于行间，盖以童话而接于醇诗者，故可贵也。

综上所言，足知童话者，幼稚时代之文学，故原人所好，幼儿亦好之，以其思想感情同其准也。今之教者，当本儿童心理发达之序，即以所固有之文学（儿歌童话等）为之解喻，所以启发其性灵，使顺应自然，发达具足，然后进以道德宗信深密之教，使自体会，以择所趋，固未为晚，若入学之初，即以陈言奥义课六七岁之孺子，则非特弗克受解，而聪明知力不得其用，亦将就于废塞，日后诱掖，更益艰难，逆性之教育，非今日所宜有也。

中国童话自昔有之，越中人家皆以是娱小儿，乡村之间尤多存者，第未尝有人采录，任之散逸，近世俗化流行，古风衰歇，长者希复言之，稚子亦遂鲜有知之者，循是以往，不及一世，澌没将尽，收拾之功，能无急急也。格林之功绩，弗勒贝尔（Fröbel）[①]之学说，出世既六十年，影响遍于全宇，而独遗于华土，抑何相见之晚与？

---

① 弗勒贝尔：即福禄贝尔（1782—1852），德国著名教育家，著有《人的教育》等。

古童话释义

中国自昔无童话之目，近始有坊本流行，商务童话第十四篇《玻璃鞋》发端云，“《无猫国》是诸君的第一本童话，在六年前刚才发现，从此诸君始识得讲故事的朋友，《无猫国》要算中国第一本童话，然世界上第一本童话要推这本《玻璃鞋》，在四千年前已出现于埃及国内”云云，实乃不然，中国虽古无童话之名，然实固有成文之童话，见晋唐小说，特多归诸志怪之中，莫为辨别耳。今略举数例，附以解说，俾知其本来意旨，与荒唐造作之言，固自有别。用童话者，当上采古籍之遗留，下集口碑所传道，次更远求异文，补其缺少，庶为富足，然而非所可望于并代矣。

其一　吴洞

南人相传，秦汉间有洞主吴氏，土人呼为吴洞，娶两妻。一妻卒，有女名叶限，少慧，善淘金，父爱之，未几父卒，为后母所苦，常令樵险汲深。时尝得一鳞，二寸余，赪鬐金目，遂潜养于盆水，日日长，易数器，大不能受，乃投于后池中。女所得余食辄沉以食之。女至池，鱼必露首枕岸，他人至不复出，其母知之，每伺之，鱼未尝见也。因诈女曰，尔无劳乎，吾为尔新其襦，乃易其敝衣，令汲于他泉，计里数里也，母徐衣其女衣，袖利刃，行向池呼鱼，鱼即出首，即斤杀之。鱼已长尺余，膳其肉，味倍常鱼，藏其骨于郁栖之下。逾日，女至向池，不复见鱼矣，乃哭于野，忽有人披发粗衣，自天而降，慰女曰，尔无哭，尔母杀尔鱼矣，骨在粪下，尔归可取鱼骨，藏于室，所须第祈之，当随尔也。女用其言，金玑衣食随欲而具。及洞节，母往令女守庭果，女伺母行远，亦往，衣翠纺上衣，蹑金履，母所生女认之，谓母曰，此甚似姊也。母亦疑之，女觉，遽反，遂遗一只履，为洞人所得。母归，但见女抱庭树眠，亦不之虑。其洞邻海岛，岛中有国名陀汗，兵强，王数十岛，水界数千里，洞人遂货其履于陀汗国。国主得之，命其左右履之，足小者履减一寸，乃令一国妇人履之，竟无一称者。其轻如毛，履石无声。陀汗王意其洞人以非道得之，遂禁锢而拷掠之，竟不知所从来，乃以是履弃之于道旁，即遍历人家捕之，若有女履者，捕之以告。陀汗王怪之，乃搜其室，得叶限，令履之而信。叶限因衣翠纺衣，蹑履而进，色若天人也。始具事于王，载鱼骨与叶限俱还国，其母及女即为飞石击死，洞人哀之，埋于石坑，命曰懊女冢。洞人以为禖祀，求女必应。陀汗王至国，以叶限为上妇。一年，王贪求祈于鱼骨，宝玉无限，逾年不复应，王乃葬鱼骨于海岸，用珠百斛藏之，以金为际。至征卒叛时，将发以赡军，一夕为海潮所沦。成式旧家人李士元所说，士元本邕州洞中人，多记得南中怪事。

按右《支诺皋》[①]所载，在世界童话中属灰娘式。坊本《玻璃鞋》即其一种，辛特利者译言灰娘，今叶限之名谊虽不详，然其本末则合一也。中国童话当以此为最早。埃及传说今存者八篇未见此事，二世纪时埃利阿诺著史，中曾言希腊妓罗陀比思浴川中，其屐为鹰衔去，坠埃及王怀

① 支诺皋：唐代段成式著有笔记小说《酉阳杂俎》，前集有《诺皋记》二卷，续集有《支诺皋》三卷，为其分支、补充。诺皋，呼召鬼神之词。

中，物色得之为妃，略近似耳。今世流传本始为法人贝洛尔所录，在十七世时，故柯古此篇应推首唱也。

此类童话中，恒有一物阴为女助，如牛马鸟蛇等，今则为一鱼。在蛮荒传说，其物即为女母，或母死后所化，或墓上物，盖太初信仰，物我等视，异类相偶，常见其说，灵魂不灭，易形复活，不昧前因，佑其后世，此第二说之所本也。逮文化渐进，以异闻骇俗，则为之删改，如德国灰娘中，女以母墓木上白鸽之助，得诸衣饰，法国为女之教母，乃神女也。《玻璃鞋》本其说而线索中脱，乃觉兀突，吴洞之鱼当为母所化，观后母之刻意谋杀可见，否者或以图滕意谊，与死者有神秘之关系，而原本缺之，殆前传闻异词之故与。

执履求女，各本皆同，其履或丝或金，或为玻璃，亦有以金环或一缕发为证，物色得之者。感应魔术有以分及全之法，凡得人一物者，即得有其一身，故生此式，又其发者以表颜色之美，其环或履者，以表手足之美，初无所异，埃及王得履，令求主者，曰屐主必美妇人，以有是美足也。吴洞述求女及禁治洞人，又祈鱼骨等，事较繁细，盖传说交错，非粹纯童话，当系本土世说，而柯古杂述之者耳。

其二 旁㐌

新罗国有第一贵族金哥，其远祖名旁㐌。有弟一人，甚有家财，其兄旁㐌因分居，乞衣食。国人有与其隙地一亩，乃求蚕谷种于弟，弟蒸而与之，㐌不知也。至蚕时，有一蚕生焉，日长寸余，居旬大如牛，食数树叶不足，其弟知之，伺间杀其蚕。经日四方百里内蚕飞集其家，国人谓之巨蚕，意其蚕之王也，四邻共缫之不尽。谷唯一茎植焉，其穗长尺余，旁㐌守之，忽为鸟所折衔去，旁㐌逐之，上山五六里，鸟入一石罅，日没径黑，旁㐌因止石侧。至夜半月明，见群小儿赤衣共戏，一小儿云，尔要何物。一曰，要酒。小儿露一金锥子击石，酒及尊悉具。一曰，要食。又击之，饼饵羹炙罗于石上。良久，饮食而散，以金锥插于石罅。旁㐌大喜，取其锥而还，所欲随击而办，因是富侔国力，常以珠玑赡其弟。弟方始悔其前所欺蚕谷事，仍谓旁㐌试以蚕谷欺我，我或如兄得金锥也。旁㐌知其愚，谕之不及，乃如其言。弟蚕之，止得一蚕，如常蚕。谷种之，复一茎，植焉，将熟，亦为鸟所衔，其弟大悦，随之入山，至鸟入处，遇群鬼怒曰，是窃余金锥者。乃执之，谓曰，尔欲为我筑糠三板乎，欲尔鼻长一丈乎。其弟请筑糠三板，三日饥困不成，求哀于鬼，乃拔其鼻，鼻如象而归。国人怪而聚观之，惭恚而卒。其后，子孙戏击锥求狼粪，因雷震，锥失所在。

右亦《支诺皋》所载，此类童话多出一型，大抵一人得利，他人从而效之，乃至失败，颇有滑稽之趣。日本童话有《舌切雀》，言翁媪畜一雀，一日雀食浆衣粉糊，媪剪其舌斥之去，翁归往寻之，至雀居，大见款待，临行以葛笼为赠，翁择其轻者，中皆珍宝，媪欣羡亦往，负重者归，半途笼启，妖魔悉出，惊恐逃回，改行为善。此他又有《花笑翁》及《瘤取》皆近似，而《瘤取》一篇尤妙。有翁病瘤，入山樵采，遇大风雨，匿树穴中，及雨霁忽闻人声，有鬼方酒宴，翁为所见，出而跳舞，鬼大悦，命次日更来，取其瘤为质。邻翁亦有瘤，明日往舞甚拙，鬼怒，以瘤加其颊，乃负两瘤而归。与旁㐌弟之鼻长一丈，皆多谐趣，可相仿佛也。

越中童话亦有《雀折足》一篇云，有媪见雀折足坠地，养之及愈纵去，雀衔南瓜子一粒来，媪种之，结一瓜，剖之皆黄金。邻媪折雀足，亦养之，雀报以瓜子，亦得一实，内乃粪秽。仿佛有彰善瘅恶之思，意东亚受佛教影响，故为独多，如衔环赠珠之类，见诸传记。欧洲亦有此式童话，大抵用诸季女式中，鲜有以翁媪作主人者，或亦因思想之异，东方固多趣于消极欤。

旁㐌金锥为民俗中习见之物，中国俗信如意聚宝盆，正其著例。儿时闻童话，有石臼投物其中，越夕辄满，一夕邻妇误以鸡笼置臼上，粪屑坠落，次日臼满鸡粪，后遂不验。各国传说，或案或磨或箱不一，率能随意取物，用之不竭，盖原人所求首在衣食，而得滋不易，自尔生此思想。日本财神大黑天手持小槌，正与金锥类，又狂言《鬼之槌》一篇中，亦言鬼有隐身蓑笠及小槌，可如意求酒食也。

其三　女雀

姑获鸟，夜飞昼藏，盖鬼车类，衣毛为飞鸟，脱毛为女人。名为天帝少女，一名夜行游女，一名钩星，一名隐飞鸟。无子，喜取人子养为子，人养小儿不可露其衣，此鸟度即取儿也，以血点其衣为验，故世人名为鬼鸟。昔豫章男子见田中有六七女人，不知是鸟，匍匐往，先得其所解毛衣藏之，即往就诸鸟，诸鸟各走就毛衣，衣之飞去，一鸟独不得去，男子取以为妇，生三女。其母后令女问父，知衣在积稻下，取衣飞去，后以衣迎三女，三女得衣，亦飞去。

右见郭氏《玄中记》。《太平御览》所引《搜神记》同，但作豫章新喻县。又《水经注》引《玄中记》，阳新男子于水次得女雀，遂与共居，生二女，悉衣羽而去。日本《近江风土记》载，近江男子伊香刀美见八天女浴川中，潜取羽衣一枚藏之，女遂留为夫妇，后得衣飞去。欧洲有鹄女传说，大致相同。其根本思想即出于精灵信仰及感应魔术，盖形隔神通，故人兽可接，衣入人手则去住因之。或言古人多信怪鸟，因生此想，观上言姑获鸟信仰可见。然此种传说不仅限于鸟类，多有走兽鳞介化为人者，大抵原出于一，第以风土所习，斯生变化，山居者言禽，水居者言鱼，就各所见者而已。且审《玄中记》鬼鸟似别一事，殆因衣毛为飞鸟，脱毛为女人二语，而联引言之。今绍兴亦忌小儿衣夜露，谓九头鸟过颈血滴衣，令儿夭殇，即所云以血点其衣为验。日本亦谓常令儿夜啼，但不言何鸟，故意鬼鸟与豫州女雀传说未必相涉也。

越中又有螺女传说，言有农人畜田螺于缸中，每自田间归，则饮食毕具，异而伺之，有女自缸中出，为洒扫作食，既为所见，遂留不去，今儿歌尚有“嚗嚗嚗，你那娘个田螺壳”之句，此即介类为人者也。此类童话，初由人力作合，而实有无限之势力隐伺其后，如失衣而女住，得衣而女去。盖民俗学中禁制，其律本于宗教，设立约束，逾越则败，中国有破法之说，殆亦其一例与。

此外尚有马头娘、槃瓠，又刘阮天台、烂柯诸事，皆属世说范围，故今不及论焉。其言童话种类及与教育之关系，可检《童话略论》诸篇也。

儿歌之研究

儿歌者，儿童歌讴之词，古言童谣。《尔雅》：“徒歌曰谣。”《说文》“䍃”注云：“从肉言，谓无丝竹相和之歌词也。”顾中国自昔以童谣比于谶纬，《左传·庄五年》杜预注，“童龀之子，未有念虑之感，而会成嬉戏之言，似或有冯者，其言或中或否，博览之士，能惧思之人，兼而志之，以为鉴戒，以为将来之验，有益于世教。”又论童谣之起原，《晋书·天文志》：“凡五星盈缩失位，其精降于地为人，荧惑降为童儿，歌谣游戏，吉凶之应，随其众告。”又《魏书·崔浩传》：“太史奏荧惑在瓠瓜星中，一夜忽然亡失，不知所在，或谓下入危亡之国，将为童谣妖言。”《晋书·五行志》且记事以实之。（以荧惑为童谣主者，盖望文生义，名学所谓“丐词”也。）自来书史纪录童谣者，率本此意，多列诸五行妖异之中。盖中国视童谣，不以为孺子之歌，而以为鬼神冯托，如乩卜之言，其来远矣。

占验之童谣，实亦儿歌之一种，但其属词兴咏，皆在一时事实，而非自然流露，泛咏物情，学者称之曰历史的儿歌。日本中根淑著《歌谣字数考》，于子守歌外别立童谣一门，其释曰，“支那周宣王时童女歌，檿弧箕服，实亡周国，为童谣之起原，在我国者以《日本纪》中皇极纪所载歌为最古，次见于齐明天智等纪，及后世记录中。其歌皆咏当时事实，寄兴他物，隐晦其词，后世之人鲜能会解。故童谣云者，殆当世有心人之作，流行于世，驯至为童子之所歌者耳。”中国童谣当亦如是。儿歌起原约有二端，或其歌词为儿童所自造，或本大人所作，而儿童歌之者。若古之童谣，即属于后者，以其有关史实，故得附传至于今日，不与寻常之歌同就湮没也。

凡儿生半载，听觉发达，能辨别声音，闻有韵或有律之音，甚感愉快。儿初学语，不成字句，而自有节调，及能言时，恒复述歌词，自能成诵，易于常言。盖儿歌学语，先音节而后词意，此儿歌之所由发生，其在幼稚教育上所以重要，亦正在此。西国学者，搜集研究，排比成书，顺儿童自然发达之序，依次而进，与童话相衔接，大要分为前后两级，一曰母歌，一曰儿戏。母歌者，儿未能言，母与儿戏，歌以侑之，与后之儿自戏自歌异。其最初者即为抚儿使睡之歌，以啴缓之音作为歌词，反复重言，闻者身体舒懈，自然入睡。观各国歌词意虽殊，而浅言单调，如出一范，南法兰西歌有止言睡来睡来，不著他语，而当茅舍灯下，曼声歌之，和以摇篮之声，令人睡意自生。如越中之抚儿歌，亦止宝宝肉肉数言，此时若更和以缓缓纺车声，则正可与竞爽矣。次为弄儿之歌。先就儿童本身，指点为歌，渐及于身外之物。北京有十指五官及足五趾之歌，（见美国何德兰编译《孺子歌图》）越中持儿手，以食指相点，歌曰：

斗斗虫，虫虫飞，
飞到何里去？
飞到高山吃白米，
吱吱哉！

与日本之“拍手”（Chōchi Chochi），英国之“拓饼”（Pata Cake），并其一例，其他指戏皆属之。又如“点点窝螺”“车水咿哑喔”“××× 到外婆家”“打荞麦”亦是。又次为体物之歌，率就天然物象，即兴赋情，如越之“鸠鸣燕语”“知了喈喈叫”“火萤虫夜夜红”。杭州亦有之，云：

火焰虫，的的飞，

飞上来，飞下去。

或云“萤火萤火，你来照我！”甚有诗趣。北京歌有“喜儿喜儿买豆腐，小耗子上灯台”，《北齐书》引童谣“羊羊吃野草”，《隋书》之“可怜青雀子”，又“狐截尾”，《新唐书》之“燕燕飞上天”，皆其选也。复次，为人事之歌。原本世情，而特多诡谲之趣。此类虽初为母歌，及儿童能言，渐亦歌之，则流为儿戏之歌，如越中之“喜子窠”“月亮弯弯”“山里果子联联串”是也。

儿戏者，儿童自戏自歌之词。然儿童闻母歌而识之，则亦自歌之。大较可分为三，如游戏、谜语、叙事。儿童游戏，有歌以先之，或和之者，与前弄儿之歌相似，但一为能动，一为所动为差耳。《北齐书》：“童戏者好以两手持绳，拂地而却上跳，且唱曰，高末！”即近世之跳绳。又《旧唐书》：“元和小儿谣云，打麦打麦三三三，乃转身曰，舞了也！”《明诗综》：“正统中京师群儿连臂呼于涂曰，正月里，狼来咬猪未？一儿应曰，未也。循是至八月，则应曰，来矣！皆散走。”皆古歌之仅存者。今北方犹有拉大锯、翻饼、烙饼、碾磨、糊狗肉、点牛眼、敦老米等戏，皆有歌佐之。越中虽有相当游戏，但失其词，故易散失，且令戏者少有兴会矣。

越中小儿列坐，一人独立作歌，轮数至末字，其人即起立代之，歌曰：

> 铁脚斑斑，斑过南山，
> 南山里曲，里曲弯弯，
> 新官上任，旧官请出！

此本决择歌，但已失其意而为寻常游戏者。凡竞争游戏，需一人为对手，即以歌别择，以末字所中者为定，其歌词率隐晦难喻，大抵趁韵而成。《明诗综》纪童谣云："狸狸斑斑，跳过南山，南山北斗，猎回界口，界口北面，二十弓箭。"朱竹垞《静志居诗话》云："此余童稚日偕闾巷小儿联臂踏足而歌者，不详何义，亦未有验。"考《古今风谣》："元至正中，燕京童谣：'脚驴斑斑，脚踏南山，南山北斗，养活家狗，家狗磨面，三十弓箭。'"实即同一歌词而转讹者。盖儿歌重在音节，多随韵接合，义不相贯，如"一颗星"及"天里一颗星，树里一只鹰""夹雨夹雪，冻杀老鳖"等皆然，儿童闻之，但就一二名物，涉想成趣，自感愉悦，不求会通，童谣难解，多以此故。唯本于古代礼俗，流传及今者，则可以民俗学疏理，得其本意耳。

谜语者，古所谓隐，“断竹续竹”之谣，殆为最古。今之蛮荒民族犹多好之，即在欧亚列国，乡民妇孺，亦尚有谜语流传，其内容仿佛相似。菲列滨土人钓钩谜曰“悬死肉，求生肉”，与“断竹续竹，飞土逐肉”之隐弹丸同一思路。又犬谜曰，“坐时身高立时低”，乃与绍兴之谜同也。近人著《棣萼室谈虎》曰：“童时喜以用物为谜，因其浅近易猜，而村妪牧竖恒有传述之作，互相夸炫，词虽鄙俚，亦间有可取者。”但亦未举载。越中谜语之佳者如稻曰：

一园竹，细簇簇。
开白花，结莲肉。

蝴蛛曰：

天里一只箬，
箬里一只蟹。

眼曰：

日里忙忙碌碌，
夜里茅草盖屋。

皆体物入微，惟思奇巧。幼儿知识初启，索隐推寻，足以开发其心思，且所述皆习见事物，象形疏状，深切著明，在幼稚时代，不啻一部天物志疏，言其效益，殆可比于近世所提倡之自然研究欤。

叙事歌中有根于历史者，如上言史传所载之童谣，多属于此。其初由世人造作，寄其讽喻，而小儿歌之，及时代变易，则亦或存或亡，淘汰之余，乃永流传，如越谣之“低叭低叭，新人留带”，范啸风以为系宋末元初之谣，即其一例。但亦当分别言之，凡占验之歌，不可尽信，如“千里草何青青”之歌董卓，“小儿天上口”之歌吴元济，显然造作，本非童谣，又如“燕燕尾涎涎”本为童谣，而后人傅会其事，皆篝火狐鸣之故智，不能据为正解。故叙事童谣者，事后咏叹之词，与谶纬别也。次有传说之歌。以神话世说为本，特中国素少神话，则此类自鲜。越中之“曝曝曝”歌，其本事出于螺女传说，余未之见。又次为人事之歌。其数最多，举凡人世情事，大抵具有，特化为单纯，故于童心不相背戾。如婚姻之事，在儿童歌谣游戏中数见不鲜，而词致朴直，妙在自然。如北京谣云：

檐蝙蝠，穿花鞋，
你是奶奶我是爷。

英国歌云：

> 白者百合红蔷薇，
> 我为王时汝为妃。
> 迷迭碧华芸草绿，
> 汝念我时我念若。

皆其佳者。若淫词佚意，乃为下里歌讴，非童谣本色。如《天籁》卷一所载，“石榴花开叶儿稀”，又“姐在房里笑嬉嬉”皆是。盖童谣与俗歌本同源而枝流，儿童性好模拟，诵习俗歌，渐相错杂，观其情思句调，自可识别。如“石榴花开叶儿稀，打扮小姐娘家嬉”，是固世俗山歌之调，盖童遥之中虽间有俚词，而决无荡思也。

古今童谣之佳者，味覃隽永，有若醇诗。北京儿歌云：

> 一阵秋风一阵凉，
> 一场白露一场霜，
> 严霜单打独根草，
> 蚂蚱死在草根上。

则宛然原人之歌。《隋书》童谣云：

黄斑青骢马，
发自寿阳涘。
来时冬气末，
去日春风始。

有三百篇遗意。故依民俗学，以童歌与民歌比量，而得探知诗之起源，与艺术之在人生相维若何，犹从童话而知小说原始，为文史家所不废。《玉台新咏》《乐府诗集》多所采录，汉时之《大麦谣》《城上乌》最胜，宋长白盛称之，是盖与乐府一矣。若在教育方面，儿歌之与蒙养利尤切近。自德人弗勒贝尔唱自力活动说以来，举世宗之。幼稚教育务在顺应自然，助其发达，歌谣游戏为之主课，儿歌之诘屈，童话之荒唐，皆有取焉，以尔时小儿心思，亦尔诘屈，亦尔荒唐，乃与二者正相适合，若达雅之词，崇正之义，反有所不受也。由是言之，儿歌之用，亦无非应儿童身心发达之度，以满足其喜音多语之性而已。童话游戏，其旨准此。迨级次逮进，知虑渐周，儿童之心，自能厌歌之诘屈，话之荒唐，而更求其上者，斯时进以达雅之词，崇正之义，则翕然应受，如石投水，无他，亦顺其自然之机耳。

今人多言幼稚教育，但徒有空言，而无实际，幼稚教育之资料，亦尚缺然，坊间所为儿歌童话，又芜谬不可用。故略论儿歌之性质，为研究教育者之一助焉。

儿童的文学

今天所讲儿童的文学，换一句话便是“小学校里的文学”。美国的斯喀特尔（H.E.Scudder）、麦克林托克（P.L.Maclintock）诸人都有这样名称的书，说明文学在小学教育上的价值，他们以为儿童应该读文学的作品，不可单读那些商人杜撰的读本。读了读本，虽然说是识字了，却不能读书，因为没有读书的趣味。这话原是不错，我也想用同一的标题，但是怕要误会，以为是主张叫小学儿童读高深的文学作品，所以改作今称，表明这所谓文学，是单指“儿童的”文学。

以前的人对于儿童多不能正当理解，不是将他当作缩小的成人，拿“圣经贤传”尽量的灌下去，便将他看作不完全的小人，说小孩懂得甚么，一笔抹杀，不去理他。近来才知道儿童在生理心理上，虽然和大人有点不同，但他仍是完全的个人，有他自己的内外两面的生活。儿童期的二十几年的生活，一面固然是成人生活的预备，但一面也自有独立的意义与价值；因为全生活只是一个生长，我们不能指定那一截的时期，是真正的生活。我以为顺应自然生活各期，——生长、成熟、老死，都是真正的生活。所以我们对于误认儿童为缩小的成人的教法，固然完全反对，就是那不承认儿童的独立生活的意见，我们也不以为然。那全然蔑视的不必说了，在诗歌里鼓吹合群，在故事里提倡爱国，专为将来设想，不顾现在儿童生活的需要的办法，也不免浪费了儿童的时间，缺损了儿童的生活。我想儿童教育，是应当依了他内外两面的生活的需要，适如其分的供给他，使他生活满足丰富，至于因了这供给的材料与方法而发生的效果，那是当然有的副产物，不必是供给时的唯一目的物。换一句话说，因为儿童生活上有文学的需要，我们供给他，便利用这机会去得一种效果，——于儿童将来生活上有益的一种思想或习性，当作副产物，并不因为要得这效果，便不管儿童的需要如何，供给一种食料，强迫他吞下去。所以小学校里的文学的教材与教授，第一须注意于“儿童的”这一点，其次才是效果，如读书的趣味，智情与想像的修养等。

儿童生活上何以有文学的需要？这个问题，只要看文学的起源的情形，便可以明白。儿童那里有自己的文学？这个问题，只要看原始社会的文学的情形，便可以明白。照进化说讲来，人类的个体发生原来和系统发生的程序相同：胚胎时代经过生物进化的历程，儿童时代又经过文明发达的历程；所以儿童学（Paidologie）上的许多事项，可以借了人类学（Anthropologie）上的事项来作说明。文学的起源，本由于原人的对于自然的畏惧与好奇，凭了想像，构成一种感情思想，借了言语行动表现出来，总称是歌舞，分起来是歌、赋与戏曲小说。儿童的精神生活本与原人相似，他的文学是儿歌、童话，内容形式不但多与原人的文学相同，而且有许多还是原始社会的遗物，常含有野蛮或荒唐的思想。儿童与原人的比较，儿童的文学与原始的文学的比较，现在已有定论，可以不必多说；我们所要注意的，只是在于怎么样能够适当的将"儿童的"文学供给与儿童。

近来有许多人对于儿童的文学，不免怀疑，因为他们觉得儿歌、童话里多有荒唐乖谬的思想，恐于儿童有害。这个疑惧本也不为无理，但我们有这两种根据，可以解释他。

第一，我们承认儿童有独立的生活，就是说他们内面的生活与大人不同，我们应当客观地理解他们，并加以相当的尊重。婴儿不会吃饭，只能给他乳吃；不会走路，只好抱他，这是大家都知道的。精神上的情形，也正同这个一样。儿童没有一个不是拜物教的，他相信草木能思想，猫狗能说话，正是当然的事；我们要纠正他，说草木是植物，猫狗是动物，不会思想或说话，这事不但没有什么益处，反是有害的，因为这样使他们的生活受了伤了。即使不说儿童的权利那些话，但不自然的阻遏了儿童的想像力，也就所失很大了。

第二，我们又知道儿童的生活，是转变的、生长的。因为这一层，所以我们可以放胆供给儿童需要的歌谣故事，不必愁他有什么坏的影响，但因此我们又更须细心斟酌，不要使他停滞，脱了正当的轨道。譬如婴儿生了牙齿可以吃饭，脚力强了可以走路了，却还是哺乳提抱，便将使他的胃肠与脚的筋肉反变衰弱了。儿童相信猫狗能说话的时候，我们便同他们讲猫狗说话的故事，不但要使得他们喜悦，也因为知道这过程是跳不过的——然而又自然的会推移过去的，所以相当的对付了，等到儿童要知道猫狗是什么东西的时候到来，我们再可以将生物学的知识供给他们。倘若不问儿童生活的转变如何，只是始终同他们讲猫狗说话的事，那时这些荒唐乖谬的弊害才真要出来了。

据麦克林托克说，儿童的想像如被迫压，他将失了一切的兴味，变成枯燥的唯物的人；但如被放纵，又将变成梦想家，他的心力都不中用了。所以小学校里的正当的文学教育，有这样三种作用：(1) 顺应满足儿童之本能的兴趣与趣味；(2) 培养并指导那些趣味；(3) 唤起以前没有的新的兴趣与趣味。这 (1) 便是我们所说的供给儿童文学的本意，(2) 与 (3) 是利用这机会去得一种效果。但怎样才能恰当的办到呢？依据儿童心理发达的程序与文学批评的标准，于教材选择与教授方法上，加以注意，当然可以得到若干效果。教授方法的话可以不必多说了，现在只就教材选择上，略略说明以备参考。

儿童学上的分期，大约分作四期，一婴儿期（一至三岁），二幼儿期（三至十），三少年期（十至十五），四青年期（十五至二十）。我们现在所说的是学校里一年至六年的儿童，便是幼儿期及少年期的前半，至于七年以上所谓中学程度的儿童，这回不暇说及，当俟另外有机会再讲了。

幼儿期普通又分作前后两期，三至六岁为前期，又称幼稚园时期，六至十为后期，又称初等小学时期。前期的儿童，心理的发达上最旺盛的是感觉作用，其他感情意志的发动也多以感觉为本，带着冲动的性质。这时期的想像，也只是被动的，就是联想的及模仿的两种，对于现实与虚幻，差不多没有什么区别。到了后期，观察与记忆作用逐渐发达，得了各种现实的经验，想像作用也就受了限制，须与现实不相冲突，才能容纳；若表现上面，也变了主动的，就是所谓构成的想像了。少年期的前半大抵也是这样，不过自我意识更为发达，关于社会道德等的观念，也渐明白了。

约略根据了这个程序，我们将各期的儿童的文学分配起来，大略如下：——

幼儿前期

（1）诗歌　这时期的诗歌，第一要注意的是声调。最好是用现有的儿歌，如北平的“水牛儿”“小耗子”都可以用，就是那趁韵而成的如“忽听门外人咬狗”，咒语一般的决择歌如“铁脚斑斑”，只要音节有趣，也是一样可用的。因为幼儿唱歌只为好听，内容意义不甚紧要，但是粗俗的歌词也应该排斥，所以选择诗歌不必积极的罗致名著，只须消极加以别择便好了。古今诗里有适宜的，当然可用；但特别新做的儿歌，我反不大赞成，因为这是极难的，难得成功的。

（2）寓言　寓言实在只是童话的一种，不过略为简短，又多含着教训的意思，普通就称作寓言。在幼儿教育上，他的价值单在故事的内容，教训实是可有可无；倘这意义是自明的，儿童自己能够理会，原也很好，如借此去教修身的大道理，便不免谬了。这不但因为在这时期教了不能了解，且恐要养成曲解的癖，于将来颇有弊病。象征的著作须得在少年期的后期（第六七学年）去读，才有益处。

（3）童话　童话也最好利用原有的材料，但现在的尚未有人收集，古书里的须待修订，没有恰好的童话集可用。翻译别国的东西，也是一法，只须稍加审择便好。本来在童话里，保存着原始的野蛮的思想制度，比别处更多。虽然我们说过儿童是小野蛮，喜欢荒唐乖谬的故事，本是当然，但有几种也不能不注意，就是凡过于悲哀、苦痛、残酷的，不宜采用。神怪的事只要不过恐怖的限度，总还无妨；因为将来理智发达，儿童自然会不再相信这些，若是过于悲哀或痛苦，便永远在脑里留下一个印象，不会消灭，于后来思想上很有影响；至于残酷的害，更不用说了。

幼儿后期

（1）诗歌　这期间的诗歌不只是形式重要，内容也很重要了；读了固然要好听，还要有意思，有趣味。儿歌也可应用，前期读过还可以重读，前回听他的音，现在认他的文字与意义，别有一种兴趣。文学的作品倘有可采用的，极为适宜，但恐不很多。如选取新诗，须择叶韵而声调和谐的；但有词调小曲调的不取，抽象描写或讲道理的也不取。儿童是最能创造而又最是保守的；他们所喜欢的诗歌，恐怕还是五七言以前的声调，所以普通的诗难得受他们的赏鉴；将来的新诗人能够超越时代，重新寻到自然的音节，那时真正的新的儿歌才能出现了。

（2）童话　小学的初年还可以用普通的童话，但是以后儿童辨别力渐强，对于现实与虚幻已经分出界限，所以童话里的想像也不可太与现实分离；丹麦安兑尔然（Hans C. Andersen）作的童话集里，有许多适用的材料。传说也可以应用，但应当注意，不可过量的鼓动崇拜英雄的心思，或助长粗暴残酷的行为。中国小说里的《西游记》讲神怪的事，却与《封神传》不同，也算纯朴率真，有几节可以当童话用。《今古奇观》等书里边，也有可取的地方，不过须加以修订才能适用罢了。

（3）天然故事　这是寓言的一个变相；以前读寓言是为他的故事，现在却是为他所讲的动物生活。儿童在这时期，好奇心很是旺盛，又对于牧畜及园艺极热心，所以给他读这些故事，随后引到记述天然的著作，便很容易了。但中国这类著作非常缺少，不得不取材于译书，如《万物一览》等书了。

少年期

（1）诗歌　浅近的文言可以应用，如唐代的乐府及古诗里多有好的材料；中国缺少叙事的民歌（Ballad），只有《孔雀东南飞》等几篇可以算得佳作，《木兰行》便不大适用。这时期的儿童对于普通的儿歌，大抵已经没有什么趣味了。

（2）传说　传说与童话相似，只是所记的是有名英雄，虽然也含有空想的分子，比较的近于现实。在自我意识团体精神渐渐发达的时期，这类故事，颇为合宜；但容易引起不适当的英雄崇拜与爱国心，极须注意，最好采用各国的材料，使儿童知道人性里共通的地方，可以免去许多偏见。奇异而有趣味的，或真切而合于人情的，都可采用；但讲明太祖、那颇仑[①]等的故事，还以不用为宜。

（3）写实的故事　这与现代的写实小说不同，单指多含现实分子的故事，如欧洲的《鲁滨孙》（Robinson Crusoe）[②]或《吉诃德先生》（Don Quixote）[③]而言。中国的所谓社会小说里，也有可取的地方，如《儒林外史》及《老残游记》之类，纪事叙景都可，只不要有玩世的口气，也不可有夸张或感伤的"杂剧的"气味。《官场现形记》与《广陵潮》没有什么可取，便因为这个缘故。

（4）寓言　这时期的教寓言，可以注意在意义，助成儿童理智的发达。希腊及此外欧洲寓言作家的作品，都可选用；中国古文及佛经里也有许多很好的譬喻。但寓言的

① 那颇仑：即拿破仑（1769—1821），法国政治家、军事家。
② 今一般译作《鲁滨逊漂流记》。英国作家丹尼尔·笛福的长篇小说。
③ 今一般译作《堂·吉诃德》。西班牙作家塞万提斯的长篇小说。

教训，多是从经验出来，不是凭理论的，所以尽有顽固或背谬的话，用时应当注意；又篇末大抵附有训语，可以删去，让儿童自己去想，指定了反妨害他们的活动了。滑稽故事此时也可以用，童话里本有这一部类，不过用在此刻也偏重意义罢了。古书如《韩非子》等的里边，颇有可用的材料，大都是属于理智的滑稽，就是所谓机智。感情的滑稽实例很少；世俗大多数的滑稽都是感觉的，没有文学的价值了。

（5）戏曲　儿童的游戏中本含有戏曲的原质，现在不过伸张综合了，适应他们的需要。在这里边，他们能够发扬模仿的及构成的想像作用，得到团体游戏的快乐。这虽然是指实演而言，但诵读也别有兴趣，不过这类著作，中国一点都没有，还须等人去研究创作；能将所讲的传说去戏剧化，原是最好，却又极难，所以也只好先从翻译入手了。

以上约略就儿童的各期，分配应用的文学种类，还只是理论上的空谈，须经过实验，才能确实的编成一个详表。以前所说多偏重“儿童的”，但关于“文学的”这一层，也不可将他看轻；因为儿童所需要的是文学，并不是商人杜撰的各种文章，所以选用的时候还应当注意文学的价值。所谓文学的，却也并非要引了文学批评的条例，细细的推敲，只是说须有文学趣味罢了。文章单纯、明了、匀整；思想真实、普遍：这条件便已完备了。麦克林托克说，小学校里的文学有两种重要的作用，（1）表现具体的影象，（2）造成组织的全体。文学之所以能培养指导及唤起儿童的新的兴趣与趣味，大抵由于这个作用。所以这两条件，差不多就可以用作儿童文学的艺术上的标准了。

中国向来对于儿童，没有正当的理解，又因为偏重文学，所以在文学中可以供儿童之用的，实在绝无仅有；但是民间口头流传的也不少，古书中也有可用的材料，不过没有人采集或修订了，拿来应用。坊间有几种唱歌和童话，却多是不合条件，不适于用。我希望有热心的人，结合一个小团体，起手研究，逐渐收集各地歌谣故事，修订古书里的材料，翻译外国的著作，编成几部书，供家庭学校的用，一面又编成儿童用的小册，用了优美的装帧，刊印出去，于儿童教育当有许多的功效。我以前因为汉字困难，怕这事不大容易成功，现在有了注音字母，所以不必多愁了。但插画一事，仍是为难。现今中国画报上的插画，几乎没有一张过得去的，要寻能够为儿童书作插画的，自然更不易得了，这真是一件可惜的事。

1920年10月26日在北平孔德学校演讲

（《艺术与生活》）

神话与传说

近来时常有人说起神话，但是他们用了科学的知识，不作历史的研究，却去下法律的判断，以为神话都是荒唐无稽的话，不但没有研究的价值，而且还有排斥的必要。这样的意见，实在不得不说是错误的。神话在民俗学研究上的价值大家多已知道，就是在文艺方面也是很有关系，现在且只就这一面略略加以说明。

神话一类大同小异的东西，大约可以依照他们性质分作下列四种：

一　神话（Mythos=Myth）

二　传说（Saga=Legend）

三　故事（Logos=Anecdote）

四　童话（Maerchen=Fairy tale）

神话与传说形式相同，但神话中所讲者是神的事情，传说是人的事情；其性质一是宗教的，一是历史的。传说与故事亦相同，但传说中所讲的是半神的英雄，故事中所讲的是世间的名人；其性质一是历史的，一是传记的。这三种可以归作一类，人与事并重，时地亦多有着落，与重事不重人的童话相对。童话的性质是文学的，与上边三种之由别方面转入文学者不同，但这不过是他们原来性质上的区别，至于其中的成分别无什么大差，在我们现今拿来鉴赏，又原是一样的文艺作品，分不出轻重来了。

对于神话等中间的怪诞分子，古来便很有人注意，加以种种解说，但都不很确切，直至十九世纪末英人安特路阑（Andrew Lang）以人类学法解释，才能豁然贯通，为现代民俗学家所采用。新旧学说总凡五家，可以分为退化说与进化说两派。

退化说

（一）历史学派　此派学说以为一切神话等皆本于历史的事实，因年代久远，遂致传讹流于怪诞。

（二）譬喻派　此派谓神话等系假借具体事物，寄托抽象的道德教训者，因传讹失其本意，成为怪诞的故事。

（三）神学派　此派谓神话等系《旧约》中故事之变化。

（四）言语学派　此派谓神话等皆起源于“言语之病”，

用自然现象解释一切。他们以为自然现象原有许多名称，后来旧名废弃而成语留存，意义已经不明，便以为是神灵的专名，为一切神话的根源。以上四派中以此派为最有势力，至人类学派起，才被推倒了。

进化说

（五）人类学派　此派以人类学为根据，证明一切神话等的起源在于习俗。现代的文明人觉得怪诞的故事，在他发生的时地，正与社会上的思想制度相调和，并不觉得什么不合。譬如人兽通婚，似乎是背谬的思想，但在相信人物皆精灵，能互易形体的社会里，当然不以为奇了。他们征引古代或蛮族及乡民的信仰习惯，考证各式神话的原始，大概都已得到解决。

我们依了这人类学派的学说，能够正当了解神话的意义，知道他并非完全是荒诞不经的东西，并不是几个特殊阶级的人任意编造出来，用以愚民，更不是大人随口胡诌骗小孩子的了。我们有这一点预备知识，才有去鉴赏文学上的神话的资格，譬如古希腊的所谓荷马的史诗，便充满了许多“无稽”的话，非从这方面去看是无从索解的。真有吃人的“圆目”（Kyklops）么？伊泰加的太上皇真在那里躬耕么？都是似乎无稽的问题，但我们如参照阑氏的学说读去，不但觉得并不无稽，而且反是很有趣味了。

离开了科学的解说，即使单从文学的立脚点看去，神话也自有其独立的价值，不是可以轻蔑的东西。本来现在的所谓神话等，原是文学，出在古代原民的史诗史传及小说里边，他们做出这些东西，本不是存心作伪以欺骗民众，实在只是真诚的表现出他们质朴的感想，无论其内容与外形如何奇异，但在表现自己这一点上与现代人的著作并无什么距离。文学的进化上，虽有连接的反动（即运动）造成种种的派别，但如根本的人性没有改变，各派里的共通的文艺之力，一样的能感动人，区区的时间和空间的阻隔只足加上一层异样的纹彩，不能遮住他的波动。中国望夫石的传说，与希腊神话里的尼阿倍（Niobe）[①]痛子化石的话，在现今用科学眼光看去，都是诳话了，但这于他的文艺的价值决没有损伤，因为他所给与者并不是人变石头这件事实，却是比死更强的男女间及母子间的爱情，化石这一句话差不多是文艺上的象征作用罢了。文艺不是历史或科学的记载，大家都是知道的；如见了化石的故事，便相信人真能变石头，固然是个愚人，或者又背着科学来破除迷信，断断的争论化石故事之不合真理，也未免成为笨伯

① 尼阿倍：今一般译作“尼俄伯”。因吹嘘子女，导致子女为太阳神阿波罗杀尽，悲痛化为石头。

了。我们决不相信在事实上人能变成石头，但在望夫石等故事里，觉得他能够表示一种心情，自有特殊的光热，我们也就能离开了科学问题，了解而且赏鉴他的美。研究文学的人运用现代的科学知识，能够分析文学的成分，探讨时代的背景，个人的生活与心理的动因，成为极精密的研究，唯在文艺本体的赏鉴，还不得不求诸一己的心，便是受过科学洗礼而仍无束缚的情感，不是科学知识自己。中国凡事多是两极端的，一部分的人现在还抱着神话里的信仰，一部分的人便以神话为不合科学的诳话，非排斥不可。我想如把神话等提出在崇信与攻击之外，还他一个中立的位置，加以学术的考订，归入文化史里去，一方面当作古代文学看，用历史批评或艺术赏鉴去对待他，可以收获相当的好结果：这个办法，庶几得中，也是世界通行的对于神话的办法。好广大肥沃的田地摊放在那里，只等人去耕种。国内有能耐劳苦与寂寞的这样的农夫么？

在本文中列举神话、传说、故事、童话四种，标题却只写神话与传说，后边又常单举神话，其实都是包括四者在内，因便利上，故从简略。

（《自己的园地》）

歌谣

歌谣这个名称，照字义上说来只是口唱及合乐的歌，但平常用在学术上与“民歌”是同一的意义。民谣的界说，据英国吉特生（Kidson）说，[①]是一种诗歌，“生于民间，为民间所用以表现情绪，或为抒情的叙述者。他又大抵是传说的，而且正如一切的传说一样，易于传讹或改变。他的起源不能确实知道，关于他的时代也只能约略知道一个大概。”他的种类的发生，大约是由于原始社会的即兴歌。《诗序》所说“情动于中而形于言”云云，即是这种情形的说明，所以民谣可以说是原始的——而又不老的诗。在文化很低的社会里，个人即兴口占，表现当时的感情或叙述事件，但唱过随即完了，没有保存的机会，到得文化稍

① 见所著《英国民歌论》第一章。——原注

进，于即兴之外才有传说的歌谣，原本也是即兴，却被社会所采用，因而就流传下来了。吉特生说：“有人很巧妙的说，谚是一人的机锋，多人的智慧。对于民歌我们也可以用同样的界说，便是由一个人的力将一件史事，一件传说或一种感情，放在可感觉的形式里〔表现出来〕，这些东西本为民众普通所知道或感到的，但少有人能够将他造成定形。我们可以推想，个人的这种著作或是粗糙，或是精炼，但这关系很小，倘若这感情是大家所共感到的，因为通用之后自能渐就精炼，不然也总多少磨去他的棱角〔使他稍为圆润〕了。”

民歌是原始社会的诗，但我们的研究却有两个方面，一是文艺的，一是历史的。从文艺的方面我们可以供诗的变迁的研究，或做新诗创作的参考。在这一点上我们需要现存的民歌比旧的更为重要，古文书里不少好的歌谣，但是经了文人的润色，不是本来的真相了。民歌与新诗的关系，或者有人怀疑，其实是很自然的，因为民歌的最强烈最有价值的特色是他的真挚与诚信，这是艺术品的共通的精魂，于文艺趣味的养成极是有益的。吉特生说，“民歌作者并不因职业上的理由而创作；他唱歌，因为他是不能不唱，而且有时候他还是不甚适于这个工作。但是他的作品，因为是真挚地做成的，所以有那一种感人的力，不但适合于同阶级，并且能感及较高文化的社会。”这个力便是最足供新诗的汲取的。意大利人威大利（Vitale）在所编的《北京儿歌》序上指点出读者的三项益处，第三项是“在中国民歌中可以寻到一点真的诗”，后边又说：“这些东西虽然都是不懂文言的不学的人所作，却有一种诗的规律，与欧洲诸国类似，与意大利诗法几乎完全相合。根于这些歌谣和人民的真的感情，新的一种国民的诗或者可以发生出来。”这一节话我觉得极有见解，而且那还是一八九六年说的，又不可不说他是先见之明了。

历史的研究一方面，大抵是属于民俗学的，便是从民歌里去考见国民的思想，风俗与迷信等，言语学上也可以得到多少参考的材料。其资料固然很需要新的流行的歌谣，但旧的也一样重要，虽然文人的润色也须注意分别的。这是一件很大的事业，不过属于文艺的范围以外，现在就不多说了。

在民歌这个总名之下，可以约略分作这几大类：

一　情歌

二　生活歌　包括各种职业劳动的歌，以及描写社会家庭生活者，如童养媳及姑妇的歌皆是。

三　滑稽歌　嘲弄讽刺及“没有意思”的歌皆属之，唯后者殊不多，大抵可以归到儿歌里去。

四　叙事歌　即韵文的故事,《孔雀东南飞》及《木兰行》是最好的例，但现在通行的似不多见。又有一种“即事”的民歌，叙述当代的事情，如此地通行的“不剃辫子没法混，剃了辫子怕张顺”便是。中国史书上所载有应验的“童谣”，有一部分是这些歌谣，其大多数原是普通的儿歌，经古人附会作荧惑的神示罢了。

五　仪式歌　如结婚的撒帐歌等，行禁厌时的祝语亦属之。占候歌诀也应该附在这里。谚语是理知的产物，本与主情的歌谣殊异，但因也用歌谣的形式，又与仪式占候歌有连带的关系，所以附在末尾；古代的诗的哲学书都归在诗里，这正是相同的例了。

六　儿歌　儿歌的性质与普通的民歌颇有不同，所以别立一类。也有本是大人的歌而儿童学唱者，虽然依照通行的范围可以当作儿歌，但严格的说来应归入民歌部门才对。欧洲编儿歌集的人普通分作母戏母歌与儿戏儿歌两部，以母亲或儿童自己主动为断，其次序先儿童本身，次及其关系者与熟习的事物，次及其他各事物。现在只就歌的性质上分作两项。

（1）事物歌

（2）游戏歌

事物歌包含一切抒情叙事的歌，谜语其实是一种咏物诗，所以也收在里边。唱歌而伴以动作者则为游戏歌，实即叙事的扮演，可以说是原始的戏曲，——据现代民俗学的考据，这些游戏的确起源于先民的仪式。游戏时选定担任苦役的人，常用一种完全没有意思的歌词，这便称作决择歌（Counting-out Song），也属游戏歌项下；还有一种只用作歌唱，虽亦没有意思而各句尚相连贯者，那是趁韵的滑稽歌，当属于第一项了。儿歌研究的效用，除上面所说的两件以外，还有儿童教育的一方面，但是他的益处也是艺术的而非教训的，如吕新吾[①]作《演小儿语》，想改作儿歌以教“义理身心之学”，道理固然讲不明白，而儿歌也就很可惜的白白的糟掉了。

（《自己的园地》）

---

① 吕新吾：吕坤（1536—1618），字新吾，明代文学家、思想家。编有《演小儿语》，为我国首部儿歌集。详见本书第 75 页。

儿童的书

美国斯喀德（Scudder）在《学校里的儿童文学》一篇文里曾说，“大多数的儿童经过了小学时期，完全不曾和文学接触，他们学会念书，但没有东西读。他们不曾知道应该读什么书。”凡被强迫念那书贾所编的教科书的儿童，大都免不掉这个不幸，但外国究竟要比中国较好，因为他们还有给儿童的书，中国则一点没有，即使儿童要读也找不到。

据我自己的经验讲来，我幼时念的是“圣贤之书”，却也完全不曾和文学接触，正和念过一套书店的教科书的人一样。后来因为别的机缘，发见在那些念过的东西以外还有可看的书，实在是偶然的幸运。因为念那圣贤之书，到十四岁时才看得懂“白话浅文”，虽然也看《纲鉴易知录》当日课的一部分，但最喜欢的却是《镜花缘》。此外也当然爱看绣像书，只是绣的太是呆板了，所以由《三国志演义》的绘图转到《尔雅图》和《诗中画》一类那里去了。中国向来以为儿童只应该念那经书的，以外并不给预备一点东西，让他们自己去挣扎，止那精神上的饥饿；机会好一点的，偶然从文字堆中——正如在秽土堆中检煤核的一样——掘出一点什么来，聊以充腹，实在是很可怜的，这儿童所需要的是什么呢？我从经验上代答一句，便是故事与画本。

二十余年后的今日，教育文艺比那时发达得多了，但这个要求曾否满足，有多少适宜的儿童的书了么？我们先看画本罢。美术界的一方面因为情形不熟，姑且不说绘画的成绩如何，只就儿童用的画本的范围而言，我可以说不曾见到一本略好的书。不必说克路轩克（Cruikshank）[①] 或比利平（Bilibin）[②] 等人的作品，就是如竹久梦二 [③] 的那些插画也难得遇见。中国现在的画，失了古人的神韵，又并没有新的技工，我见许多杂志及教科书上的图都不合情理，如阶石倾邪，或者母亲送四个小孩去上学，却是一样的大小。这样日常生活的景物还画不好，更不必说纯凭想象的

① 克路轩克：即英国插画家、漫画家乔治·克鲁克香克（1792—1878）。
② 比利平：即俄罗斯画家、插画家伊凡·比利宾（1876—1942）。
③ 竹久梦二：日本画家、装帧设计家（1884—1934）。

童话绘了，——然这童话绘却正是儿童画本的中心，我至今还很喜欢看鲁滨孙等人的奇妙的插画，觉得比历史绘更为有趣。但在中国却一册也找不到。幸而中国没有买画本给小儿做生日或过节的风气，否则真是使人十分为难了。儿童所喜欢的大抵是线画，中国那种的写意画法不很适宜，所以即使往古美术里去找也得不到什么东西，偶然有些织女钟馗等画略有趣味，也稍缺少变化；如焦秉贞[1]的《耕织图》却颇适用，把他翻印出来，可以供少年男女的翻阅。

儿童的歌谣故事书，在量上是很多了，但在质上未免还是疑问。我以前曾说过："大抵在儿童文学上有两种方向不同的错误：一是太教育的，即偏于教训，一是太艺术的，即偏于玄美：教育家的主张多属于前者，诗人多属于后者。其实两者都不对，因为他们不承认儿童的世界。"中国现在的倾向自然多属于前派，因为诗人还不曾着手于这件事业。向来中国教育重在所谓经济，后来又中了实用主义的毒，对儿童讲一句话，眨一眨眼，都非含有意义不可，到了现在这种势力依然存在，有许多人还把儿童故事当作法句譬喻看待。我们看那《伊索寓言》后面的格言，已经觉得多事，更何必去模仿他。其实艺术里未尝不可寓

① 焦秉贞：清代宫廷画家，擅人物画。

意，不过须得如做果汁冰酪一样，要把果子味混透在酪里，决不可只把一块果子皮放在上面就算了事。但是这种作品在儿童文学里，据我想来本来还不能算是最上乘，因为我觉得最有趣的是有那无意思之意思的作品。安徒生的《丑小鸭》，大家承认他是一篇佳作，但《小伊达的花》似乎更佳；这并不因为他讲花的跳舞会，灌输泛神的思想，实在只因他那非教训的无意思，空灵的幻想与快活的嬉笑，比那些老成的文字更与儿童的世界接近了。我说无意思之意思，因为这无意思原自有他的作用，儿童空想正旺盛的时候，能够得到他们的要求，让他们愉快的活动，这便是最大的实益，至于其余观察记忆，言语练习等好处即使不说也罢。总之儿童的文学只是儿童本位的，此外更没有什么标准。中国还未曾发见了儿童，——其实连个人与女子也还未发见，所以真的为儿童的文学也自然没有，虽市场上摊着不少的卖给儿童的书本。

艺术是人人的需要，没有什么阶级性别等等差异。我们不能指定这是工人的，那是女子所专有的文艺，更不应说这是为某种人而作的；但我相信有一个例外，便是“为儿童的”。儿童同成人一样的需要文艺，而自己不能造作，不得不要求成人的供给。古代流传下来的神话传说，现代野蛮民族里以及乡民及小儿社会里通行的歌谣故事，都是很好的材料，但是这些材料还不能就成为“儿童的书”，须得加以编订才能适用。这是现在很切要的事业，也是值得努力的工作。凡是对儿童有爱与理解的人都可以着手去做，但在特别富于这种性质而且少有个人的野心之女子们我觉得最为适宜。本于温柔的母性，加上学理的知识与艺术的修养，便能比男子更为胜任。我固然尊重人家的创作，但如见到一本为儿童的美的画本或故事书，我觉得不但尊重而且喜欢，至少也把他看得同创作一样的可贵。

（《自己的园地》）

科学小说

科学进到中国的儿童界里，不曾建设起“儿童学”来，只见在那里开始攻击童话，——可怜中国儿童固然也还够不上说有好童话听。在“儿童学”开山的美国诚然也有人反对，如勃朗（Brown）之流，以为听了童话未必能造飞机或机关枪，所以即使让步说儿童要听故事，也只许读“科学小说”。这条符命，在中国正在“急急如律令”的奉行。但是我对于“科学小说”总很怀疑，要替童话辩护。不过教育家的老生常谈也无重引的必要，现在别举一两个名人的话替我表示意见。

以性的心理与善种学研究著名的医学博士蔼理斯在《凯沙诺伐论》中说及童话在儿童生活上之必要，因为这是他们精神上的最自然的食物。倘若不供给他，这个缺损永远无物能够弥补，正如使小孩单吃淀粉质的东西，生理上所受的饿不是后来给予乳汁所能补救的一样。吸收童话的力不久消失，除非小孩有异常强盛的创造想像力，这方面精神的生长大抵是永久的停顿了。在他的《社会卫生的事业》（据序上所说这社会卫生实在是社会改革的意思，并非普通的卫生事项）第七章里也说："听不到童话的小孩自己来造作童话，——因为他在精神的生长上必需这些东西，正如在身体的生长上必需糖一样，——但是他大抵造的很坏。"据所引医学杂志的实例，有一位夫人立志用真实教训儿童，废止童话，后来却见小孩们造作了许多可骇的故事，结果还是拿《杀巨人的甲克》来给他们消遣。他又说少年必将反对儿时的故事，正如他反对儿时的代乳粉，所以将来要使他相信的东西以不加在里边为宜。这句话说的很有意思，不但荒唐的童话因此不会有什么害处，而且正经的科学小说因此也就不大有什么用处了。

阿那多尔法兰西（Anatole France）[①] 是一个文人，但他老先生在法国学院里被人称为无神论者无政府主义者，所以他的论童话未必会有拥护迷信的嫌疑。《我的朋友的书》是他早年的杰作，第二编《苏珊之卷》里有一篇《与 D 夫

---

① 今一般译作阿纳托尔·法朗士（1844—1924），法国作家、社会活动家。1921 年获诺贝尔文学奖。

人书》，发表他的许多聪明公正的意见：

> 那位路易菲该先生是个好人，但他一想到法国的少年少女还会在那里读《驴皮》，他平常的镇静便完全失掉了。他做了一篇序，劝告父母须得从儿童手里把贝洛耳的故事夺下，给他们看他友人菲古斯博士的著作。'琼英姑娘，请把这书合起了罢。不要再管那使你喜欢得流泪的天青的鸟儿了，请你快点去学了那以太麻醉法罢。你已经七岁了，还一点都不懂得一酸化窒素的麻醉力咧！'路易菲该先生发见了仙女都是空想的产物，所以他不准把这些故事讲给他们听。他给他们讲海鸟粪肥料：在这里边是没有什么空想的，——但是，博士先生，正因为仙女是空想的，所以他们存在。他们存在在那些素朴新鲜的空想之中，自然形成为不老的诗——民众传统的诗的空想之中。
>
> 最琐屑的小书，倘若它引起一个诗的思想，暗示一个美的感情，总之倘若它触动人的心，那在小孩少年就要比你们的讲机械的所有的书更有无限的价值。
>
> 我们必须有给小孩看的故事，给大孩看的故事，使我们笑，使我们哭，使我们置身于幻惑之世界里的故事。

这样的抄下去，实在将漫无限制，非至全篇抄完不止；我也很想全抄，倘若不是因为见到自己译文的拙劣而停住了。但是我还忍不住再要抄他一节：

请不要怕他们（童话的作者）将那些关于妖怪和仙女的废话充满了小孩的心，会把他教坏了。小孩着实知道这些美的形象不是这世界里所有的。有害的倒还是你们的通俗科学，给他那些不易矫正的谬误的印象。深信不疑的小孩一听威奴先生这样说，便真相信人能够装在一个炮弹内放到月亮上面去，及一个物体能够轻易地反抗重力的定则。

古老尊严的天文学之这样的滑稽拟作，既没有真，也没有美，是一无足取。

照上边说来，科学小说总是弄不好的：当作小说与《杀巨人的甲克》一样的讲给小孩听呢，将来反正同甲克一样的被抛弃，无补于他的天文学的知识。当作科学与海鸟粪一样的讲呢，无奈做成故事，不能完全没有空想，结果还是装在炮弹里放到月亮上去，不再能保存学术的真实了。即如法阑玛利唵（Flamarion）[①]的《世界如何终局》当

① 法阑玛利唵：即弗拉马里翁（1842—1925），法国天文学家和科普作家。著有《大众天文学》等。

然是一部好的科学小说，比焦尔士威奴（Jules Verne 根据梁任公先生的旧译）[①] 或者要好一点了，但我见第二篇一章里有这样的几句话：

“街上没有雨水，也没有泥水：因为雨一下，天空中就布满了一种玻璃的雨伞，所以没有各自拿伞的必要。”

这与童话里的法宝似乎没有什么差别，只是更笨相一点罢了。这种玻璃雨伞或者自有做法，在我辈不懂科学的人却实在看了茫然，只觉得同金箍棒一样的古怪。如其说只是漠然的愿望，那么千里眼之于望远镜，顺风耳之于电话等，这类事情童话中也“古已有之”了。科学小说做得好的，其结果还是一篇童话，这才令人有阅读的兴致，所不同者，其中偶有抛物线等的讲义须急忙翻过去，不像童话的行行都读而已。有些人借了小说写他的“乌托邦”的理想，那是别一类，不算在科学小说之内。又上文所说系儿童文学范围内的问题，若是给平常人看，科学小说的价值又当别论，不是我今日所要说的了。

十三年九月一日

（《雨天的书》）

---

① 焦尔士威奴：即儒勒·凡尔纳（1828—1905），法国科幻小说家。

吕坤的《演小儿语》

中国向来缺少为儿童的文学。就是有了一点编纂的著述，也以教训为主，很少艺术的价值。吕新吾的这一卷《演小儿语》，虽然标语也在“蒙以养正”，但是知道利用儿童的歌词，能够趣味与教训并重，确是不可多得的，而且于现在的歌谣研究也不无用处，所以特地把他介绍一下。

原书一册，总称“小儿语”，内计吕得胜（近溪渔隐）的《小儿语》一卷，《女小儿语》一卷，吕坤（抱独居士）的《续小儿语》三卷，《演小儿语》一卷。前面的五卷书，都是自作的格言，仿佛《三字经》的一部分，也有以谚语为本而改作的，虽然足为国语的资料，于我们却没有什么用处。末一卷性质有点不同，据小引里说，系采取直隶、河南、山西、陕西的童谣加以修改，为训蒙之用者。在我们看来，把好好的歌谣改成箴言，觉得很是可惜，但是怪不得三百年以前的古人，而且亏得这本小书，使我们能够知道在明朝，有怎样的儿歌，可以去留心搜集类似的例，我们实在还应感谢的。

书的前面有嘉靖戊午（1558）吕得胜的序，末有万历癸巳（1593）吕坤的书后，说明他们对于歌谣的意见。序云：

“儿之有知而能言也，皆有歌谣以遂其乐，群相习，代相传，不知作者所自，如梁宋间‘盘脚盘’‘东屋点灯西屋明’之类。学焉而于童子无补，余每笑之。夫蒙以养正，有知识时便是养正时也。是俚语者固无害，胡为乎习哉？……”

书后云：

“小儿皆有语，语皆成章，然无谓。先君谓无谓也，更之；又谓所更之未备也，命余续之，既成刻矣；余又借小儿原语而演之。语云，教子婴孩。是书也诚鄙俚，庶几乎婴孩一正传哉！……”

他们看不起儿童的歌谣，只因为“固无害”而“无谓”，——没有用处，这实在是绊倒许多古今人的一个石头。童谣用在教育上只要无害便好，至于在学术研究上，那就是有害的也很重要了。序里说仿作小儿语，“如其鄙俚，使童子乐闻而易晓焉”，却颇有见地，与现在教育家反对儿童读“白话浅文”不同，至于书后自谦说，“言各有体，为诸生家言则患其不文，为儿曹家言则患其不俗。余为儿语而文，殊不近体；然刻意求为俗，弗能”，更说得真切。他的词句其实也颇明显，不过寄托太深罢了。

《演小儿语》共四十六首，虽说经过改作，但据我看去有几首似乎还是“小儿之旧语”，或者删改的地方很少。今举出数篇为例。

九

鹦哥乐，檐前挂，
为甚过潼关，
终日不说话。

二五

讨小狗，要好的。
我家狗大却生痴，
不咬贼，只咬鸡。

三八

孩儿哭，哭恁痛。
那个打你，我与对命。
宁可打我我不嗔，
你打我儿我怎禁。

四一

老王卖瓜，腊腊巴巴。
不怕担子重，
只要脊梁硬。

我说这些似是原来的儿歌，本来只是猜想；从文句上推测，又看他解释得太迂远了的时候，便觉得其中当含着不少的原有分子，因为如果大经改作，表示意思必定更要晓畅。大约著者想要讲那“理义身心之学”，而对于这些儿童诗之美却无意的起了欣赏，所以抄下原诗而加上附会的教训，也未可知：我读那篇书后，觉得这并非全是幻想。

我们现在把那四十六首《演小儿语》，转录在北大《歌谣周刊》上面，或者于研究歌谣的人不无用处，并希望直隶、河南、山西、陕西各处的人见了书中的歌，记起本地类似的各种歌谣，随时录寄。《演小儿语》虽经过改作，但是上半，至少是最初两句，都是原语，所以还可以看出原来是什么歌，如“风来了，雨来了”也在里面，只是下半改作过了。从这书里选择一点作儿童唱歌用，也是好的，只要拣取文词圆润自然的，不要用那头巾气太重的便好了。

一九二三年四月

（《谈龙集》）

读《童谣大观》

一

现在研究童谣的人大约可以分作三派，从三个不同的方面着眼。其一是民俗学的，认定歌谣是民族心理的表现，含蓄着许多古代制度仪式的遗迹，我们可以从这里边得到考证的资料。其二是教育的，既然知道歌吟是儿童的一种天然的需要，便顺应这个要求供给他们整理的适用的材料，能够收到更好的效果。其三是文艺的，“晓得俗歌里有许多可以供我们取法的风格与方法”，把那些特别有文学意味的“风诗”选录出来，“供大家的赏玩，供诗人的吟咏取材”。这三派的观点尽有不同，方法也迥异，——前者是全收的，后二者是选择的，——但是各有用处，又都凭了清明的理性及深厚的趣味去主持评判，所以一样的可以信赖尊重的。

上边所说的三派，都是现代对于童谣的态度，但在古时却有一派的极有势力的意见，那便是五行志派。《左传·庄五年》杜注云："童龀之子，未有念虑之感，而会成嬉戏之言，似或有冯者。其言或中或否，博览之士，能惧思之人，兼而志之，以为鉴戒，以为将来之验，有益于世教。"《晋书·天文志》又云："凡五星盈缩失位，其星降于地为人。荧惑降为童儿，歌谣游戏，吉凶之应随其众告。"这两节话，可以总括这派学说的精义。虽然因为可"以为鉴戒"的缘故，有好些歌谣得以侥幸的保存在史书里，但在现代，其理论之不合原是很了然的了。我在民国二年所作的《儿歌之研究》里，曾有一节说及这个问题："占验之童谣实亦儿歌一种，但其属词兴咏，皆在一时事实，而非自然流露，泛咏物情，学者称之曰历史的儿歌。日本中根淑著《歌谣字数考》，于子守歌以外别立童谣一项，其释曰：'……其歌皆咏当时事实，寄兴他物，隐晦其词，后世之人，鲜能会解。故童谣云者，殆当世有心人之作，流行于世，驯至为童子所歌者耳。'中国童谣，当亦如是。儿歌起源约有二端，或其歌词为儿童所自造，或本大人所作而儿童歌之者。若古之童谣，即属于后者，以其有关史实，故得附传至于今日，不与寻常之歌同就湮没也。"

童谣并不是荧惑星所编，教给儿童唱的，这件极简单的事，本来也不值得反复申说！但是我看见民国十一年出版的《童谣大观》里还说着五行志一派的话，所以不禁又想起来了。该书的编辑概要里说："童谣随便从儿童嘴里唱出，自然能够应着气运；所以古来大事变，往往先有一种奇怪的童谣，起始大家莫名其妙，后来方才知道事有先机，竟被他说着了。这不是儿童先见之明，实在是一时间跟着气运走的东西。现在把近时的各地童谣录出，有识见的人也许看得出几分将来的国运，到底是怎样？"在篇末又引了明末"朱家面，李家磨"的童谣来作例证，说"后来都一一应了"。这样的解说，不能不算是奇事怪事。什么是先机？什么是一时间跟着气运走的东西？真是莫名其妙。虽然不曾明说有荧惑星来口授，但也确已说出"似或有冯者"一类的意思，而且足"以为将来之验"了。在杜预注《左传》还不妨这样说，现代童谣集的序文里，便决不应有；《推背图》《烧饼歌》和《断梦秘书》之类，未尝不堆在店头，但那只应归入"占卜奇书类"中，却不能说是"新时代儿童游戏之一"了。

我对于《童谣大观》第一表示不满的，便是这五行志派的意见，因为这不但不能正当理解儿歌的价值，而且更要引老实的读者入于邪道。

二

《童谣大观》中共收各县歌谣四百余首，谜语六十五则。所录四十县排列无序，又各县之歌亦多随便抄撮，了无组织，如浙江一二县既已前出，而象山、永康复见卷末，象山的六首又尽是占日月风雨者，这都是编辑粗疏的地方（篇中北方歌谣极少，只是囿于见闻，还不足为病），但是总可算作歌谣的一种长编，足以供我们的参考。

不过这里有一个疑问，便是这里边所收的歌词，是否都可信赖。别处的我不知道，只就绍兴一县的来检查一下罢，《大观》中所收二十篇内，除《狸》《客人》及《曹阿狗》三首外，其余均见范啸风所辑的《越谚》中，注解和用字也都仍范氏之旧。范氏辑此书时，在光绪初年，买圆糖炒豆招集邻近小儿，请他们唱歌给他听，所以他所录的五十几首都是可信的儿歌，虽然他所用的奇字未免有穿凿的地方。《曹阿狗》和《客人》未见著录，《客人》当系"喜鹊叫，媒人到"的一种变体。我所搜集的儿歌中有这一章，与《曹阿狗》同属于"火萤虫夜夜红"一系者。

爹杀猪吊酒，
娘上绷落绣。

买得个溇，
上种红菱下种藕，
四边插杨柳，
杨柳底下种葱韭。

末三句二本几乎相同，所以这或者可以说是《曹阿狗》的一种略本，但在艺术上却更占优胜了。

《狸》这一篇并不是现代绍兴的儿歌。原文如下：

狸狸斑斑，跳过南山；
南山北斗，猎回界口，
界口北面，二十弓箭！

据《古谣谚》引此歌，并《静志居诗话》中文云："此余童稚日偕闾巷小儿联臂踏足而歌者，不详何义，亦未有验。"又《古今风谣》载元至正中燕京童谣云：

脚驴斑斑，脚踏南山。
南山北斗，养活家狗。
家狗磨面，三十弓箭。

可知此歌自北而南，由元至清，尚在流行，但形式逐渐不同了。绍兴现在的确有这样的一首歌，不过文句大有变更，不说“狸狸斑斑”了。《儿歌之研究》中说，“越中小儿列坐，一人独立作歌，轮数至末字，中者即起立代之。歌曰：

铁脚斑斑，斑过南山。
南山里曲，里曲弯弯。
新官上任，旧官请出。

此本决择歌（Counting-out rhyme），但已失其意而成为寻常游戏者。凡竞争游戏需一人为对手，即以歌决择，以末字所中者为定。其歌词率隐晦难喻，大抵趁韵而成。”所以把这一首“狸狸斑斑”当作现代绍兴的儿歌，实在是不妥当的。照上边所说的看来，他的材料未尝不可供我们参考之用，但是因为编辑很是粗疏，所以非先经过一番审慎的厘订，不能轻易采用。

此外关于印刷上，当然还有许多缺点，如抄写的疏忽（在两页书上脱落了两处），纸墨的恶劣，在有光纸的石印书原是必备的条件，或者可以不必说了。我所看了最不愉快的是那绣像式的插画，这不如没有倒还清爽些。说起这样插画的起源也很早了，许多小学教科书里都插着这样不中不西，毫无生气的傀儡画，还有许多的“教育画”也是如此。这真是好的美育哩！易卜生说：“全或无。”我对于中国的这些教育的插画也要说同样的话。

《绘图童谣大观》于我们或者不无用处，但是看了那样的纸墨图画，——即使没有那篇序文，总之也不是我们所愿放在儿童手里的一本插画的儿歌集。

一九二三年三月

（《谈龙集》）

附录

儿童问题之初解

一国兴衰之大故，虽原因复杂，其来者远，未可骤详，然考其国人思想视儿童重轻何如，要亦一重因也。盖儿童者，未来之国民，是所以承继先业，即所以开发新化。如其善遂，斯旧邦可新，绝国可续。不然，则虽当盛时，而赫赫文明难为之继，衰运转轮，犹若旦暮，其源竭也。

将兴之国，靡不重其种息，故富进取之气，而有未来之望。东方国俗，尚古守旧，重老而轻少，乃致民志颓丧，无由上征。且教养不讲，遗传所积，日即于下。虽以自然之惠，或得繁衍，但足以纪数而已。中国亦承亚陆通习，重老轻少，于亲子关系见其极致。原父子之伦，本于天性，第必有对待，有调合，而后可称。今偏于一尊，去慈而重孝，绝情而言义，推至其极，乃近残贼。如传言河内郭巨妻生男，谋曰："养子则不得营业，妨于供养，当杀而埋焉。"锸入地，得黄金一釜。（见宋躬《孝子传》又刘向《孝子传》中。）世俗传说且收入《二十四孝》中，正可以见其例矣。中国思想，视父子之伦不为互系而为统属。儿童者，本其亲长之所私有，若道具生畜然。故子当竭身力以奉上，而自欲生杀其子，亦无不可。凡在蛮荒，类有是制，掠女为婚，食其生息，妇老不育，则并食之，遗意流衍，至于今日，故犹形变而神存。世人之期其子惟在禄养，俗言："养儿防老，积谷防饥。"又如子女有过，则得自死之，官法不问。（章太炎先生《五朝法律索隐》曾辟之甚详。）而乡曲溺婴之俗，固公行于全国。凡是数者，事异而意同，类以一己之损益，决子孙之生死，比之政吏，但有族制，而无政府者也。彼以儿童属于家族，而不知外之有社会；以儿童属于祖先，而不知上之有民族。以是之民为国后盾，虽闭关之世犹或不可，况在今乎？

凡人对于儿童感情可分三纪，初主实际，次为审美，终于研究。字育之事，原于本能。婴儿幼生，未及他念，必先谋所以保育之方，此固人兽同尔，有不自觉者。逮文化渐进，得以余闲，审其言动，由恋生爱，乃有赞美。终以了知个人与民族之关系，则有科学的研究，依诸问题，寻其解释。第在中国，则儿童研究之学固绝不讲，即诗歌艺术，有表扬儿童之美者，且不可多得。今所存者，但有医术保育之书。而遍视民间，对其儿童，亦仅禽育而兽爱之，其所予求，但及实际问题而止。性欲主其始，私利持其终，彼其终生，实为自然所漂流。而知调御者谁邪？

中国更始，而人民未化，欲求振革，望在来祀。然对儿童问题，天下父母之心既如此矣，若教育者之意见复何如？救治之方安在？此又可深思者矣。

1912年11月16日刊《天觉报》第16号

署名启明

儿童研究导言

儿童研究，亦称儿童学，以研究儿童身体精神发达之程序为事，应用于教育，在使顺应自然，循序渐进，无有扞格或过不及之弊。盖儿童者，大人之胚体，而非大人之缩形，如以初生儿与大人相较，理至易明。大人首长居全体八分之一，小儿则四之一，其躯干之不相称犹是，则即以儿童各期发达，自有定级，非平均长发，与大人相比例也。世俗不察，对于儿童久多误解，以为小儿者大人之具体而微者也，凡大人所能知能行者，小儿当无不能之，但其量差耳。于是有以廉让之德、利他之谊诏二三岁儿者，微特不受，且抑其固有之种性，不得发泄，留为后因，反成其贪滥自利之德，皆逆自然之教有以致之也。教育部小学校令颇致意于儿童身心之发育，又教则第一条亦云，凡所教授，当适合于儿童身心发达之程度。顾言之匪艰，行之惟艰，欲知如何始适合于儿童身心发达之程度，必先知儿童身心如何发达之情形而后可，此则即儿童学所有事也。次如幼稚园之教养，家庭育儿之法则，亦在在有需于此。故儿童研究者，实谓为教育之根本学可也。

欧洲中世之教育，以传习学业为的，以强记多识为胜。及卢梭起，始大非之，创任天之说。至萧勒贝尔，主张自力活动，以为教育儿童若种树然，树始于一粒之种子，以雨露之润，膏沃之养，渐自长大，成百尺之材。然其百尺之材，初实寄于一粒之种，雨露膏沃但助长之而已。蒙养之道，亦唯在辅导儿童，俾得尽其性，以成完人耳。创为幼稚园，实施其说，为儿童研究之先导，然尚未成学。十八周末，德人谛兑曼以后，始有专书记述儿童发达之状况。今乃大盛，以美国霍尔博士为最著名。其研究分二法：一主单独，专记一儿之事，自诞生至于若干岁，详志端始，巨细不遗，以寻其嬗变之迹；一主集合，在集各家实录，比量统计，以见其差异之等。所依据之学，则生理、心理、生物、人类四者为之纲，略言之，可云进化论的教育学也。

儿童学上，凡人自诞生至二十五年止，统称儿童。中国古制，男子二十而冠，已为成人。各国法律，亦大抵以二十一岁为成年。今以二十五为断者，盖人至此时，肉体精神两方始发达完全，得称成人。如在他种动物，苟身体长足，能任诞育，即为长成。第在人类，则神经系统更益繁复，长成发达，自需时日。今若以动物与人比而论之，以一生与儿童期之长短，相较如下：

鼠	寿命七年	儿童期七月
猫	十二年	一年
山羊	十二年	一年三月
牛	十八年	二年
狮子	四十年	六年
骆驼	四十年	八年
人	七十五年	二十五年
象	百年	三十年

由此观之，象体最大又长寿，故其儿童期亦较人为久。然比较论之，则固以人类为长。盖象之儿童期居平生十分之三，人类儿童期居平生三分之一，正以象躯体至大，而人之精神生活繁剧又有过之，故期乃延长。凡生物之有儿童期，即所以为其入世之预备。下等动物生而能自活，本无所谓儿童期者。即在人类，而其期之长短又视其生活高下为异，故如上国之与蛮荒，又不可同日而语也。

儿童期中又约分为四，其际互相奄被，不能显为分画，但依身心变化之大端而区别之。其说尚多，今取其普通者。

第一曰婴儿期，自诞生以至三岁。其间身体伸长，肤革充实，五官之用渐利。乳齿既具，能自营养。初克坐立，渐以步行。始作言语，模拟动作，游戏之事于是发端。此时家庭教育，保养而外，游戏为重矣。

第二曰幼儿期，自四岁以至八岁。其间身体重在伸长，四肢渐益发达，齿亦代生。感觉益敏，情绪、欲望亦始发生，又以自发活动，游戏乃盛。幼稚园者，即据此性施以教育，玩具与童话实为其主要学科。故儿歌、童话、玩具、游戏，在儿童研究中至为重要。弗勒贝尔集日耳曼歌谣游戏为一书，用诸幼稚园，自言曰："孰能知此歌意者，即能通吾之隐衷。"其为重如此。

第三曰少年期，自九岁以至十四岁。其间身体发达，可分二期。八至十岁重在充实，十岁以后重在伸长。第以循环机官发达迟缓，不相适应，故善倦健忘，学问之力反逊于前，加以严教，乃多障害。其精神一面变化益繁，个人感情渐以发见，想像作用与好奇心皆至旺盛。两性差异，此时亦已渐显，如体格、情性、嗜好皆是。男子率好斗，喜闻武勇之故事，女子则拟家事，弄人形。

此时正教育之好机，但在善为迎导，各循其分以成全之而已。

第四曰青年期，自十五岁以至二十五岁。其间身心发达，渐臻完备，始有自觉，因生个性，乃知对于群己之责任，道德学业皆于此时分别造就，两性之爱亦以成立。故此期特甚重要，可别立为儿童学之一部。盖儿童期虽包括上列四者，而大要又可分为二，即自诞生至十四岁为前期，十五至二十五岁为后期。普通儿童研究，恒归重于前期，而别为青年期研究详治之，今亦依其例焉。

育儿之事，自昔属于医术，但于民种教育所关至大，故儿童学中首重之。儿歌、童话以及游戏之事，视若细微，然儿童生活半在游戏之中，若除此数者，将使减其生趣，无上遂之望。故比较研究，利而用之，正教育者所有事，而未可以琐屑考据类视之者也。

生物学言，个体发生与系统发生同序。人类居胚胎期中，自阿弥巴形，历经鱼类、两栖类、鸟类、兽类之情状，以至于人，二百八十日间，遍示生物进化之象。出世之初，乃若野人，又历经游牧、树艺、工商之时代，以至于成人，则犹文明之民矣，是又以二十余年中遍示人类进化之迹。比量考索，足以互相发明。儿童研究固与人类学相关，歌谣游戏之研究，亦莫不有藉于此。以进化论见地论儿童之发达，推究所极，自以是为之源宿矣。

1913年12月15日刊《绍兴县教育会月刊》第3号
署名持光

学校成绩展览会意见书

本会发起学校成绩展览会，意将以励儿童向学之心，征学校教育之效，且因以知各期儿童知识材能之发展与外缘之关系若何，于幼稚教育或足为一助焉。

儿童教育，本依其自动之性加以激厉，引之入胜，而其造诣所及，要仍以兴趣之浅深为之导制，徒恃赏黜，未克有功。斯会主旨，故在品第而不重利诱。唯儿童乘此时机，喜得自表见，或能于制作之时少增兴趣，荣誉之心复为之副，足以鼓励其勤勉之习。此展览会旨趣之一也。

教育者百年之事业，不可旦夕计功。然大用大效，小用小效。今罗列各级学生之成绩，依班级年岁之别，而示其学业之深浅，俾世俗知一日之教育即有一日之实效，所以为社会告。旦凡事以有比较而有改良，此又足供教育界之观摩，互证其长短。他山之石，可以攻玉，愿各校之取资焉。此其二也。

蒙养之要，不在理论而在方术，欲通其术，要当以儿童为师而自求之。如儿童之性生习染、知识技能为状若何，外缘感受之效若何，苟明乎此，于教育方术可得会通。今兹展览，旨在集儿童醇真之作，视其年岁学级与家族土地之情形，比量研究，得知绍兴在学儿童，当某级几岁时，其普通知能程度统计若何。虽纸上推量，难得真相，当亦可粗具大略，或足供蒙养研究之参考。此其三也。

故今对于征集成绩品之希望，在于保存本真，以儿童为本位，而本会审查之标准，即依此而行之。勉在体会儿童之知能，予以相当之赏识。如稚儿之涂鸦，与童子之临帖，工拙有殊，而应其年龄之限制，各致其志，各尽其力，则无不同。斯其优劣不能并较，要当分期而定之。世俗或以大人眼光评儿童制作，如近来评儿童艺术展览会者，揄扬少年（十四五岁之男子或女子）所作锦绣书画，于各期幼儿优秀之作未有论道，斯乃面墙之见，本会之所欲勉为矫正者也。

此次开会，在于展览在学儿童之制作品，而儿童以年岁区别，自分时期，每期复各有其本色。今所期望，即在多集不失本色之制作品，统计其结果，足以为儿童研究之一助，而儿童与学校之荣誉，亦自与之俱矣。

1914年6月20日刊《绍兴县教育会月刊》第9号

未署名

安得森的《十之九》

凡外国文人，著作被翻译到中国的，多是不幸。其中第一不幸的要算丹麦诗人“英国安得森”。

中国用单音整个的字，翻译原极为难：即使十分仔细，也止能保存原意，不能传本来的调子。又遇见翻译名家用古文一挥，那更要不得了。他们的弊病，就止在“有自己无别人”，抱定老本领旧思想，丝毫不肯融通：所以把外国异教的著作，都变作班马文章，孔孟道德。这种优待，就是哈葛得诸公也当不住，到了安得森更是绝对的不幸。为什么呢？因为他独一无二的特色，就止在小儿一样的文章，同野蛮一般的思想上。

日前在书铺里看见一本小说，名叫《十之九》，觉得名称很别致，买来一看，却是一卷童话，后面写道“著作者英国安得森”，内分《火绒箱》《飞箱》《大小克劳思》

《翰思之良伴》《国王之新服》《牧童》六篇。我自认是中国的安党，见了大为高兴；但略一检查，却全是用古文来讲大道理，于是不禁代为著作者叫屈，又断定他是世界文人中最不幸——在中国——的一个人。

我们初读外国文时，大抵先遇见格林（Grimm）兄弟同安得森（Hans Christian Andersen）的童话。当时觉得这幼稚荒唐的故事没甚趣味；不过因为怕自己见识不够，不敢菲薄，却究竟不晓得他好处在那里。后来涉猎民俗学（Folk-lore）一类的书，才知道格林童话集的价值：他们兄弟是学者，采录民间传说，毫无增减，可以供学术上的研究。至于安得森的价值，到见了诺威波耶生（Boyesen）、丹麦勃阑特思（Brandes）[①]、英国戈斯（Gosse）诸家评传，方才明白：他是个诗人，又是个老孩子（即 Henry James 所说 Perpetual boy），所以他能用诗人的观察，小儿的言语，写出原人——文明国的小儿，便是系统发生上的小野蛮——的思想。格林兄弟的长处在于“述”；安得森的长处，就全在于“作”。

原来童话（Märchen）纯是原始社会的产物。宗教的

① 即勃兰兑斯（1842—1927），丹麦文学评论家，代表作有《十九世纪文学主流》。

神话，变为历史的世说，又转为艺术的童话，这是传说变迁的大略。所以要是“作”真的童话，须得原始社会的人民才能胜任。但这原始云云，并不限定时代，单是论知识程度，拜物思想的乡人和小儿，也就具这样资格。原人或乡人的著作，经学者编集，便是格林兄弟等的书；小儿自作的童话，却从来不曾有过。倘要说有，那便是安得森一人作的一百五十五篇 Historier 了。他活了七十岁，仍是一个小孩子；他因此生了几多误解，却也成全了他，成就一个古今无双的童话作家。除中国以外，他的著作价值，几乎没有一国不是已经明白承认。

上面说安得森童话的特色：一是言语，二是思想。——他自己说，“我著这书，就照着对小儿说话一样写下来。”勃阑特思著《丹麦诗人论》中，说他的书出版之初，世人多反对他，说没有这样著书的。“人的确不是这样著书，却的确是这样说话的。”这用“说话一样的”言语著书，就是他第一特色。勃阑特思最佩服他《邻家》一篇的起头：

人家必定想，鸭池里面有重要事件起来了；但其实没有事。所有静睡在水上的，或将头放在水中倒立着——他们能够这样立——的鸭，忽然都游上岸去了。你能看见湿泥上的许多脚印。他们的叫声，远远近近的都响遍了。刚才清澈光明同镜一般的水，现在已全然扰乱了。……

又如《一荚五颗豆》的起头说：

五颗豆在一个荚里：他们是绿的，荚也是绿的，所以他们以为世间一切都是绿的：这也正是如此。荚长起来，豆也长起来，他们随时自己安排，一排的坐着。……

又如《火绒箱》也是勃阑特思所佩服的：

一个兵沿着大路走来——一，二！一，二！他背上有个背包，腰边有把腰刀；他从前出征，现在要回家去了。他在路上遇见一个老巫：她狠是丑恶，她的下唇一直挂到胸前。她说，"兵阿，晚上好！你有真好刀，真大背包！你真是个好兵！你现在可来拿钱，随你要多少。"

再看《十之九》中，这一节的译文：

> 一退伍之兵。在大道上经过。步法整齐。背负行李。腰挂短刀。战事已息。资遣归家。于道侧邂逅一老巫。面目可怖。未易形容。下唇既厚且长。直拖至颏下。见兵至。乃谀之曰。汝真英武。汝之刀何其利。汝之行李何其重。吾授汝一诀。可以立地化为富豪。取携甚便。……

误译与否，是别一问题，姑且不论；但勃阑特思所最佩服，最合儿童心理的“一二一二”，却不见了。把小儿的言语，变了八大家的古文，安得森的特色，就“不幸”因此完全抹杀。

安得森童话第二特色，就是野蛮的思想；——原人和小儿，本是一般见识，——戈斯论他著作，有一节说得极好：

> 安得森特殊的想象，使他格外和儿童心思相亲近。小儿像个野蛮，于一切不调和的思想分子，毫不介意，容易承受下去。安得森的技术，大半就在这一事：他能狠巧妙的，把几种毫不相干的思想，联结在一起。例如他把基督教的印象，与原始宗教的迷信相溷和，这技艺可称无二。……

还有一件相像的道德上的不调和，倘若我们执定成见，觉得极不容易解说。《火绒箱》中的兵，割了老妇的头，偷了他的宝物，忘恩负义极了，却毫无惩罚；他的好运，结局还从他的罪里出来。《飞箱》中商人的儿子，对于土耳其公主的行为，也不正当；但安得森不以为意。克劳思对于大克劳思的行为，也不能说是合于现今的道德标准。但这都是儿童本能的特色；儿童看人生像是影戏：忘恩负义，虏掠杀人，单是并非实质的人形，当着火光跳舞时映出来的有趣的影。安得森于此等处，不是装腔作势的讲道理，又敢亲自反抗教室里的修身格言，就是他的魔力的所在。他的野蛮思想，使他和育儿室里的天真漫烂的小野蛮相亲近。

这末一句话，真可谓“一语破的”，不必多加说明了。《火绒箱》中叙兵杀老巫，止有两句：

于是他割去她的头。她在那里躺着！

写一件杀人的事，如此直捷爽快，又残酷，又天真漫烂，真可称无二的技术。《十之九》中译云：

忍哉此兵。举刀一挥。老巫之头已落。

其实小儿看此“影戏”中的杀人，未必见得忍；所以安得森也不说忍哉。此外译者依据了“教室里的修身格言”，删改原作之处颇多，真是不胜枚举；《小克劳思与大克劳思》一篇里，尤为厉害。例如硬教农妇和助祭做了姊弟，不使大克劳思杀他的祖母去卖钱；不把看牛的老人放在袋里，沉到水里上天去，都不知是谁的主意；至于小克劳思骗来的牛，乃是“西牛贺洲之牛”！《翰思之良伴》（本名《旅行同伴》）中，山灵（Troll）对公主说：“汝即以汝之弓鞋为念！”这岂不是拿著作者任意开玩笑么？《牧童》中镬边的铃所唱德文小曲：

Ach，du lieber Augustin
Alles ist weg，weg.
（唉，你可爱的奥古斯丁
一切都失掉，失掉，失掉了。）

也不见了。安得森的一切特色，“不幸”也都失掉。

安得森声名，已遍满文明各国，单在中国不能得到正确理解，本也不关重要。但他是个老孩子，他不能十分知道轻重：所以有个小儿在路上叫他一声大安得森，他便非常欢喜，同得了一座“北极星勋章”一样；没价值的小报上说他一句笑话，——关于他的相貌！——他看了就几乎要哭。如今被中国把他的杰作译成一种没意思的巴德文丛著，岂不也要伤心么？我也代他不舒服，就写这几行，不能算是新著批评，不过为这丹麦诗人说几句公话罢了。

〔附记〕安得森（即安徒生）生于一八〇五年，一八七五年卒。著有小说数种，《即兴诗人》（Improvrsitoren）最有名；但童话要算是他独擅的著作。《无画的画帖》（Billedbog uden Billeder）记“月”自述所见，凡三十三夜，也是童话的一种，又特别美妙。他的童话全集译本，据我所晓得的，有英国 Graigie 本，最为确实可靠。

一九一八年六月

1918 年 9 月 15 日刊《新青年》5 卷 3 号

署名作人

收入《谈龙集》

人的文学

我们现在应该提倡的新文学，简单的说一句，是“人的文学”。应该排斥的，便是反对的非人的文学。

新旧这名称，本来很不妥当，其实“太阳底下何尝有新的东西”？思想道理，只有是非，并无新旧。要说是新，也单是新发见的新，不是新发明的新。“新大陆”是在十五世纪中，被哥仑布发见，但这地面是古来早已存在。电是在十八世纪中，被弗兰克林发见，但这物事也是古来早已存在。无非以前的人，不能知道，遇见哥仑布与弗兰克林才把他看出罢了。真理的发见，也是如此。真理永远存在，并无时间的限制，只因我们自己愚昧，闻道太迟，离发见的时候尚近，所以称他新。其实他原是极古的东西，正如新大陆同电一般，早在这宇宙之内，倘若将他当作新鲜果子，时式衣裳一样看待，那便大错了。譬如现在说“人的文学”，这一句话，岂不也像时髦？却不知世上生了人，便同时生了人道。无奈世人无知，偏不肯体人类的意志，走这正路，却迷入兽道鬼道里去，旁皇了多年，才得出来。正如人在白昼时候，闭着眼乱闯，末后睁开眼睛，才晓得世上有这样好阳光；其实太阳照临，早已如此，已有了许多年代了。

欧洲关于这“人”的真理的发见，第一次是在十五世纪，于是出了宗教改革与文艺复兴两个结果。第一次成了法国大革命，第三次大约便是欧战以后将来的未知事件了。女人与小儿的发见，却迟至十九世纪，才有萌芽。古来女人的位置，不过是男子的器具与奴隶。中古时代，教会里还曾讨论女子有无灵魂，算不算得一个人呢。小儿也只是父母的所有品，又不认他是一个未长成的人，却当他作具体而微的成人，因此又不知演了多少家庭的与教育的悲剧，自从弗罗培尔（Froebel）与戈特文（Godwin）夫人[①]以后，才有光明出现。到了现在，造成儿童学与女子问题这两个大研究，可望长出极好的结果来。中国讲到这类问题，却须从头做起，人的问题，从来未经解决，女人小儿更不必

① 戈特文夫人：即玛丽·沃尔斯通克拉福特·葛德文（1759—1797），女权主义作家，著有《人权辩护》《女权辩护》。

说了。如今第一步先从人说起，生了四千余年，现在却还讲人的意义，从新要发见“人”，去“辟人荒”，也是可笑的事。但老了再学，总比不学该胜一筹罢。我们希望从文学上起首，提倡一点人道主义思想，便是这个意思。

我们要说人的文学，须得先将这个人字，略加说明。我们所说的人，不是世间所谓“天地之性最贵”，或“圆颅方趾”的人。乃是说，“从动物进化的人类”。其中有两个要点：（一）“从动物”进化的，（二）从动物“进化”的。

我们承认人是一种生物。他的生活现象，与别的动物并无不同。所以我们相信人的一切生活本能，都是美的善的，应得完全满足。凡有违反人性不自然的习惯制度，都应该排斥改正。

但我们又承认人是一种从动物进化的生物。他的内面生活，比别的动物更为复杂高深，而且逐渐向上，有能够改造生活的力量。所以我们相信人类以动物的生活为生存的基础，而其内面生活，却渐与动物相远，终能达到高上和平的境地。凡兽性的余留，与古代礼法可以阻碍人性向上的发展者，也都应该排斥改正。

这两个要点，换一句话说，便是人的灵肉二重的生活。古人的思想，以为人性有灵肉二元，同时并存，永相冲突。

肉的一面，是兽性的遗传；灵的一面，是神性的发端。人生的目的，便偏重在发展这神性；其手段，便在灭了体质以救灵魂。所以古来宗教，大都厉行禁欲主义，有种种苦行，抵制人类的本能。一方面却别有不顾灵魂的快乐派，只愿“死便埋我”。其实两者都是趋于极端，不能说是人的正当生活。到了近世，才有人看出这灵肉本是一物的两面，并非对抗的二元。兽性与神性，合起来便只是人性。英国十八世纪诗人勃莱克（Blake）[①]在《天国与地狱的结婚》一篇中，说得最好：

（一）人并无与灵魂分离的身体。因这所谓身体者，原止是五官所能见的一部分的灵魂。

（二）力是唯一的生命，是从身体发生的。理就是力的外面的界。

（三）力是永久的悦乐。

他这话虽然略含神秘的气味，但很能说出灵肉一致的要义。我们所信的人类正当生活，便是这灵肉一致的生活。所谓从动物进化的人，也便是指这灵肉一致的人，无非用别一说法罢了。

这样“人”的理想生活，应该怎样呢？首先便是改良

① 勃莱克：即威廉·布莱克（1757—1827），英国浪漫派诗人。

人类的关系。彼此都是人类，却又各是人类的一个。所以须营一种利己而又利他，利他即是利己的生活。第一，关于物质的生活，应该各尽人力所及，取人事所需。换一句话，便是各人以心力的劳作，换得适当的衣食住与医药，能保持健康的生存。第二，关于道德的生活，应该以爱智信勇四事为基本道德，革除一切人道以下或人力以上的因袭的礼法，使人人能享自由真实的幸福生活。这种“人的”理想生活，实行起来，实于世上的人无一不利。富贵的人虽然觉得不免失了他的所谓尊严，但他们因此得从非人的生活里救出，成为完全的人，岂不是绝大的幸福么？这真可说是二十世纪的新福音了。只可惜知道的人还少，不能立地实行。所以我们要在文学上略略提倡，也稍尽我们爱人类的意思。

但现在还须说明，我所说的人道主义，并非世间所谓“悲天悯人”或“博施济众”的慈善主义，乃是一种个人主义的人间本位主义。这理由是：第一，人在人类中，正如森林中的一株树木。森林盛了，各树也都茂盛。但要森林盛，却仍非靠各树各自茂盛不可。第二，个人爱人类，就只为人类中有了我，与我相关的缘故。墨子说，“爱人不外己，己在所爱之中”，便是最透彻的话。上文所谓利己而又利他，利他即是利己，正是这个意思。所以我说的人道主义，是从个人做起。要讲人道，爱人类，便须先使自己有人的资格，占得人的位置。耶稣说："爱邻如己。"如不先知自爱，怎能"如己"的爱别人呢？至于无我的爱，纯粹的利他，我以为是不可能的。人为了所爱的人，或所信的主义，能够有献身的行为。若是割肉饲鹰，投身给饿虎吃，那是超人间的道德，不是人所能为的了。

用这人道主义为本，对于人生诸问题，加以记录研究的文字，便谓之人的文学。其中又可以分作两项：(一)是正面的，写这理想生活，或人间上达的可能性；(二)是侧面的，写人的平常生活，或非人的生活，都很可以供研究之用。这类著作，分量最多，也最重要。因为我们可以因此明白人生实在的情状，与理想生活比较出差异与改善的方法。这一类中写非人的生活的文学，世间每每误会，与非人的文学相溷，其实却大有分别。譬如法国莫泊三[①](Maupassant)的小说《一生》(Une Vie)，是写人间兽欲的人的文学；中国的《肉蒲团》却是非人的文学。俄国库普林(Kuprin)的小说《坑》(Jama)是写娼妓生活的人的文学；中国的《九尾龟》却是非人的文学。这区别就只在著作的态度不同：一个严肃；一个游戏。一个希望人的

---

① 莫泊三：即莫泊桑(1850—1893)，法国著名小说家。

生活，所以对于非人的生活，怀着悲哀或愤怒；一个安于非人的生活，所以对于非人的生活，感着满足，又多带些玩弄与挑拨的形迹。简明说一句，人的文学与非人的文学的区别，便在著作的态度，是以人的生活为是呢，非人的生活为是呢这一点上。材料方法，别无关系。即如提倡女人殉葬——即殉节——的文章，表面上岂不说是“维持风教”；但强迫人自杀，正是非人的道德，所以也是非人的文学。中国文学中，人的文学本来极少。从儒教道教出来的文章，几乎都不合格。现在我们单从纯文学上举例如：

（一）色情狂的淫书类

（二）迷信的鬼神书类（《封神传》《西游记》等）

（三）神仙书类（《绿野仙踪》等）

（四）妖怪书类（《聊斋志异》《子不语》等）

（五）奴隶书类（甲种主题是皇帝、状元、宰相，乙种主题是神圣的父与夫）

（六）强盗书类（《水浒》《七侠五义》《施公案》等）

（七）才子佳人书类（《三笑姻缘》等）

（八）下等谐谑书类（《笑林广记》等）

（九）黑幕类

（十）以上各种思想和合结晶的旧戏

这几类全是妨碍人性的生长，破坏人类的平和的东西，统应该排斥。这宗著作，在民族心理研究上，原都极有价值。在文艺批评上，也有几种可以容许。但在主义上，一切都该排斥。倘若懂得道理，识力已定的人，自然不妨去看。如能研究批评，便于世间更为有益，我们也极欢迎。

人的文学，当以人的道德为本，这道德问题方面很广，一时不能细说。现在只就文学关系上，略举几项。譬如两性的爱，我们对于这事，有两个主张：(一)是男女两本位的平等；(二)是恋爱的结婚。世间著作，有发挥这意思的，便是绝好的人的文学。如诺威伊孛生（Ibsen）[①] 的戏剧《娜拉》(Et Dukkehjem)《海女》(Fruen fra Havet)[②]，俄国托尔斯泰（Tolstoj）的小说 Anna Karenina[③]，英国哈兑（Hardy）的小说《台斯》(Tess)[④] 等就是。恋爱起原，据芬阑学者威思德马克（Westermarck）说，由于“人的对于与我快乐者的爱好”。却又如奥国卢闿（Lucke）说，因多年心的进化，渐变了高上的感情。所以真实的爱与两性的生活，也须有灵肉二重的一致。但因为现世社会境势所迫，以致偏于一面的，不免极多。这便须根据人道主义的

① 伊孛生：即易卜生（1828—1906），挪威著名戏剧家。
② 海女：今一般译作“海上夫人”。
③ 即《安娜·卡列尼娜》。
④ 即英国作家哈代小说《苔丝》。

思想，加以记录研究。却又不可将这样生活，当作幸福或神圣，赞美提倡。中国的色情狂的淫书，不必说了。旧基督教的禁欲主义的思想，我也不能承认他为是。又如俄国陀思妥也夫斯奇（Dostojevskij）是伟大的人道主义的作家。但他在一部小说中，说一男人爱一女子，后来女子爱了别人，他却竭力斡旋，使他们能够配合。陀思妥也夫斯奇自己，虽然言行竟是一致，但我们总不能承认这种种行为，是在人情以内，人力以内，所以不愿提倡。又如印度诗人泰戈尔（Tagore）做的小说，时时颂扬东方思想。有一篇记一寡妇的生活，描写他的"心的撒提（Suttee）"（撒提是印度古语，指寡妇与他丈夫的尸体一同焚化的习俗），又一篇说一男人弃了他的妻子，在英国别娶，他的妻子，还典卖了金珠宝玉，永远的接济他。一个人如有身心的自由，以自由别择，与人结了爱，遇着生死的别离，发生自己牺牲的行为，这原是可以称道的事。但须全然出于自由意志，与被专制的因袭礼法逼成的动作，不能并为一谈。印度人身的撒提，世间都知道是一种非人道的习俗，近来已被英国禁止。至于人心的撒提，便只是一种变相。一是死刑，一是终身监禁。照中国说，一是殉节，一是守节，原来撒提这字，据说在梵文，便正是节妇的意思。印度女子被"撒提"了几千年，便养成了这一种畸形的贞顺之德。

讲东方化的，以为是国粹，其实只是不自然的制度习惯的恶果。譬如中国人磕头惯了，见了人便无端的要请安拱手作揖，大有非跪不可之意，这能说是他的谦和美德么？我们见了这种畸形的所谓道德，正如见了塞在坛子里养大的、身子像萝卜形状的人，只感着恐怖、嫌恶、悲哀、愤怒种种感情，决不该将他提倡，拿他赏赞。

其次如亲子的爱。古人说，父母子女的爱情，是“本于天性”，这话说得最好。因他本来是天性的爱，所以用不着那些人为的束缚，妨害他的生长。假如有人说，父母生子，全由私欲，世间或要说他不道。今将他改作由于天性，便极适当。照生物现象看来，父母生子，正是自然的意志。有了性的生活，自然有生命的延续，与哺乳的努力，这是动物无不如此。到了人类，对于恋爱的融合，自我的延长，更有意识，所以亲子的关系，尤为深厚。近时识者所说儿童的权利，与父母的义务，便即据这天然的道理推演而出，并非时新的东西。至于世间无知的父母，将子女当作所有品，牛马一般养育，以为养大以后，可以随便吃他骑他，那便是退化的谬误思想。英国教育家戈思德（Gorst）称他们为“猿类之不肖子”，正不为过。日本津田左右吉著《文学上国民思想的研究》卷一说：“不以亲子的爱情为本的孝行观念，又与祖先为子孙而生存的生物学的普遍事实，人为将来而努力的人间社会的实际状态，俱相违反，却认作子孙为祖先而生存，如此道德中，显然含有不自然的分子”。祖先为子孙而生存，所以父母理应爱重子女，子女也就应该爱敬父母。这是自然的事实，也便是天性。文学上说这亲子的爱的，希腊诃美罗斯（Homeros）史诗《伊理亚斯》（Ilias）① 与欧里毕兑斯（Euripides）悲剧《德罗夜兑斯》（Troiades）② 中，说赫克多尔（Hektor）夫妇与儿子的死别两节，在古文学中，最为美妙。近来诺威伊孛生的《群鬼》（Gengangere），德国士兑曼（Sudermann）③ 的戏剧《故乡》（Heimat），俄国都介涅夫（Turgenjev）的小说《父子》（Ottsy i djeti）④ 等，都很可以供我们的研究。至于郭巨埋儿、丁兰刻木那一类残忍迷信的行为，当然不应再行赞扬提倡。割股一事，尚是魔术与食人风俗的遗留，自然算不得道德，不必再叫他混入文学里，更不消说了。

照上文所说，我们应该提倡与排斥的文学，大致可以明白了。但关于古今中外这一件事上，还须追加一句说明，才可免了误会。我们对于主义相反的文学，并非如胡致堂

---

① 即古希腊荷马史诗《伊利亚特》。
② 即古希腊欧里庇得斯悲剧《特洛伊妇女》。
③ 士兑曼：即苏德尔曼（1857—1928），德国戏剧家。
④ 即俄国屠格涅夫小说《父与子》。

或乾隆做史论，单依自己的成见，将古今人物排头骂倒。我们立论，应抱定“时代”这一个观念，又将批评与主张，分作两事。批评古人的著作，便认定他们的时代，给他一个正直的评价，相应的位置。至于宣传我们的主张，也认定我们的时代，不能与相反的意见通融让步，唯有排斥的一条方法。譬如原始时代，本来只有原始思想，行魔术食人肉，原是分所当然。所以关于这宗风俗的歌谣故事，我们还要拿来研究，增点见识。但如近代社会中，竟还有想实行魔术食人的人，那便只得将他捉住，送进精神病院去了。其次，对于中外这个问题，我们也只须抱定时代这一个观念，不必再划出什么别的界限。地理上历史上，原有种种不同，但世界交通便了，空气流通也快了，人类可望逐渐接近，同一时代的人，便可相并存在。单位是个我，总数是个人。不必自以为与众不同，道德第一，划出许多畛域。因为人总与人类相关，彼此一样，所以张三李四受苦，与彼得约翰受苦，要说与我无关，便一样无关；说与我相关，也一样相关。仔细说，便只为我与张三李四或彼得约翰虽姓名不同，籍贯不同，但同是人类之一，同具感觉性情。他以为苦的，在我也必以为苦。这苦会降在他身上，也未必不能降在我的身上。因为人类的运命是同一的，所以我要顾虑我的运命，便同时须顾虑人类共同的运命。

所以我们只能说时代，不能分中外。我们偶有创作，自然偏于见闻较确的中国一方面，其余大多数都还须绍介译述外国的著作，扩大读者的精神，眼里看见了世界的人类，养成人的道德，实现人的生活。

一九一八年十二月七日

1918年12月15日刊《新青年》5卷6号

署名周作人

收入《艺术与生活》

儿童的世界[①]

论童谣

儿童是未长成的大人么？还是同大人有别，独自住于别个世界里的么？——这个问题从学问上讲来，可以说是已有定论了。即如那刑法学者列斯忒非议加于儿童的刑罚，以为儿童占有着独自的世界，因此将加于大人的刑罚等，照样的加于儿童，不是合理的议论，这一件事也可以当作（上边所说的）定论的一个表现。

儿童决不是未成熟未长成的大人，正如女人不是未成熟未长成的男人一样。儿童与大人，恰似女人与男人的关系，立于相对的地位。他们各自占有着别个的独自的世界。

---

① 日本柳泽健原著，此为译文。

这个世界里自然有或一程度的相互理解之可能性，但或一程度的理解之不可能确也存在。仿佛男女之间有不绝的谜一般，在儿童与大人之间，也存着不绝的谜。

我曾在高岛米峰或是这一类的人的书里，看见一节话。在东京的一个小学校里通学的儿童，有一天从学校回家，急忙的很正经的告诉父母道，“今天登了富士山来了。”从这个实例想起来，倘若依了大人的世界的判断，这个儿童确是说了可耻的诳话了；但是——原书的著者也这样说——儿童决不将这句话当做诳话。儿童在他的确信里，确是登了富士山了。在儿童的世界里，东京小学校通学的途中攀登富士山的事，决不成为可能或不可能的问题。这两个世界的差异，——或是谜，——实在是这样的根本的（不同的）。

今年二月中旬，在姬路左近加古川镇当小学教师的糟谷信司君，特地来访我，又将他的学生们所作的许多诗歌拿给我看。我一面听着他的说明，将诗一篇一篇的读下去。在素朴，或真情流露，或天真烂漫等的意味以外，我的心里觉得有一种大人所没有的世界的情景，很明显的现出来了。这许多的诗与歌，真是儿童的世界里所独具的色彩、音响与光线。我从这里边且抽出几首来。

雨

今天早上天阴了，雨下了。
才下了，雨又停住在松树上边，
闪闪的落了下去，
一刹间，（钻到）沙里边去了。
掘起来看时，——
什么都没有。

梦

晚上做了一个梦，海燕呀，
深红的脚的海燕。
或者来了罢，沙山外
出去看时，只是风呀，
只是拂林的风，
纯青的，纯青的
只是冬天的天空。

金边眼镜

金呵金呵，
发光的金边眼镜，
什么人戴了，

都会发光。

金呵金呵，

发光的金边眼镜。

婴儿

从肚皮里噗的（落地），

呱，呱，呱。

乳汁什么，

想喝一口呀！

萝卜

被挂在屋檐下，

孤另另的，

萝卜，寂寞的晒干萝卜。

明天以后

要变成小菜了。

冰

冰呵冰呵，冷呀，

我的身体是温的，

我的身体是白的，

你的身体里有垃圾。

雨天

雨接连的下，
不断的接连的下，
只是雨下着，
晴天总不来。

这些诗都是初等小学三四年级的儿童所作。我们倾听着这些纯真之声的时候，不由的感到一种近于虔敬之念的深的感动，觉得在大人的世界里所不能有的美与力，正从那里放射出来。

许多的人现在将不复踌躇，承认女人与男人的世界的差异，又承认将长久隶属于男人治下的女人解放出来，使返于伊们本然的地位，是最重要的文化运动之一。但是这件事，对于儿童岂不也是一样应该做的么？近代的文明实在只是从女人除外的男人的世界所成立，而这男人的世界又只是从儿童除外的大人的世界所成立的。

现在这古文明正放在试炼之上了。女人的解放与儿童的解放，——这二重的解放，岂不是非从试炼之中产生出来不可么？

大人的世界与儿童的世界的对立。从这事实说来，大人在本质上不能再还原为儿童，是当然的了。所以如北原白秋说明他作童谣时的用心，说完全变成了儿童的心而作歌这样的话，也只可看作一种绮语罢了。大人所见的儿童的世界必不会是儿童所见的儿童的世界。这样的纯粹的儿童的世界的事情，只一切交与儿童的睿智与灵性便好了；大人没有阑入其间的必要，也没有这个资格。大人对于儿童应做的事，并不是去完全变成儿童，却在于生出在儿童的世界与大人的世界的那边的“第三之世界”。

童谣，与一切的别的诗一样，有生出那边的世界的责务。如不能感到这个责务，童谣这样的东西，不能说是以艺术家自任的人们的所可染指的工作。

这一篇是从论文集《现代的诗与诗人》（1920）中译出的，题下原注论“童谣”一行小字，但他实在只说诗人的童谣，未及童谣的全体。大抵在儿童文学上有两种方向不同的错误：一是太教育的，即偏于教训；一是太艺术的，即偏于玄美。教育家的主张多属前者，诗人多属后者；其实两者都是不对，因为他们都不承认儿童的世界。这篇小文里很有许多精当的话，可以供欲做儿歌者参考。柳泽生于一八八八年，原是法学士，但又是一个诗人。

一九二一年十一月二十五日附记

1922年1月1日刊《诗》1卷1号

[译文]署周作人译

未收入自编文集

《阿丽思漫游奇境记》

近来看到一本很好的书，便是赵元任先生所译的《阿丽思漫游奇境记》。这是“一部给小孩子看的书”，但正如金圣叹所说又是一部“绝世妙文”，就是大人——曾经做过小孩子的大人，也不可不看，看了必定使他得到一种快乐的。世上太多的大人虽然都亲自做过小孩子，却早失了“赤子之心”，好像“毛毛虫”的变了胡蝶，前后完全是两种情状：这是很不幸的。他们忘却了自己的儿童时代的心情，对于正在儿童时代的儿童的心情于是不独不能理解，与以相当的保育调护，而且反要加以妨害；儿童倘若不幸有这种的人做他的父母师长，他的一部分的生活便被损坏，后来的影响更不必说了。我们不要误会这只有顽固的塾师及道学家才如此，其实那些不懂感情教育的价值而专讲实用的新教育家，所种的恶因也并不小，即使没有比他们更大。我对于少数的还保有一点儿童的心情的大人们，郑重的介绍这本名著请他们一读，并且给他们的小孩子读。

这部书的特色，正如译者序里所说，是在于他的有意味的“没有意思”。英国政治家辟忒（Pitt）曾说，“你不要告诉我说一个人能够讲得有意思；各人都能够讲得有意思。但是他能够讲得没有意思么？”文学家特坤西（De Quincey）也说，只是有异常的才能的人，才能写没有意思的作品。儿童大抵是天才的诗人，所以他们独能赏鉴这些东西。最初是那些近于“无意味不通的好例”的决择歌，如《古今风谣》里的“脚驴斑斑”，以及“夹雨夹雪冻死老鳖”一类的趁韵歌，再进一步便是那些滑稽的叙事歌了。英国儿歌中《赫巴特老母和她的奇怪的狗》与《黎的威更斯太太和她的七只奇怪的猫》，都是这派的代表著作，专以天真而奇妙的“没有意思”娱乐儿童的。这《威更斯太太》是夏普夫人原作，经了拉斯庚的增订，所以可以说是文学的滑稽儿歌的代表，后来利亚（Lear）做有“没有意思的诗”的专集，于是更其完成了。散文的一面，始于高尔斯密的《二鞋老婆子的历史》，到了加乐尔而完成，于是文学的滑稽童话也侵入英国文学史里了。欧洲大陆的作家，如丹麦的安徒生在《伊达的花》与《阿来锁眼》里，荷兰的蔼覃在他的《小约翰》里，也有这类的写法，不过他们较为有点意思，所以在“没有意思”这一点上，似乎很少有人能够赶得上加乐尔的了。然而这没有意思决不是无意义，他这著作是实在有哲学的意义的。麦格那思在《十九世纪英国文学论》上说：

> 利亚的没有意思的诗与加乐尔的阿丽思的冒险，都非常分明的表示超越主义观点的滑稽。他们似乎是说，“你们到这世界里来住罢，在这里物质是一个消融的梦，现实是在幕后。”阿丽思走到镜子的后面，于是进奇境去。在他们的图案上，正经的（分子）都删去，矛盾的事情很使儿童喜悦；但是觉着他自己的限量的大人中之永久的儿童的喜悦，却比（普通的）儿童的喜悦为更高了。

我的本意在推举他在儿童文学上的价值，这些评论本是题外的话，但我想表明他在（成人的）文学上也有价值，所以抄来作个引证。译者在序里说：“我相信这书的文学的价值，比莎士比亚最正经的书亦比得上，不过又是一派罢了。”这大胆而公平的批评，实在很使我佩服。普通的人常常相信文学只有一派是正宗，而在西洋文学上又只有莎士比亚是正宗，给小孩子看的书既然不是这一派，当然不是文学了。或者又相信给小孩子的书必须本于实在或是可能的经验，才能算是文学，如《国语月刊》上勃朗的译文所主张，因此排斥空想的作品，以为不切实用，欧洲大战时候科学能够发明战具，神话与民间故事毫无益处，即是证据。两者之中，第一种拟古主义的意见虽然偏执，只要给他说明文学中本来可以有多派的，如译者那样的声明，这问题也可以解决了；第二种军国主义的实用教育的意见却更为有害。我们姑且不论任何不可能的奇妙的空想，原只是集合实在的事物的经验的分子综错而成，但就儿童本身上说，在他想象力发展的时代确有这种空想作品的需要，我们大人无论凭了什么神呀皇帝呀国家呀的神圣之名，都没有剥夺他们的这需要的权利，正如我们没有剥夺他们衣食的权利一样。人间所同具的智与情应该平匀发达才是，否则便是精神的畸形。刘伯明先生在《学衡》第二期上攻击毫无人性人情的"化学化"的学者，我很是同意。我相信对于精神的中毒，空想——体会与同情之母——的文学正是一服对症的解药。所以我推举这部《漫游奇境记》给心情没有完全化学化的大人们，特别请已为或将为人们的父母师长的大人们看，——若是看了觉得有趣，我便庆贺他有了给人家做这些人的资格了。

对于赵先生的译法，正如对于他的选译这部书的眼力一般，我表示非常的佩服：他的纯白话的翻译，注音字母的实用，原本图画的选入，都足以表见忠实于他的工作的态度。我深望那一部姊妹书《镜里世界》能够早日出版。——译者序文里的意见，上面已经提及，很有可以佩服的地方，但就文章的全体看来，却不免是失败了。因为加乐尔式的滑稽实在是不易模拟的，赵先生给加乐尔的书做序，当然不妨模拟他，但是写的太巧了，因此也就未免稍拙了。……妄言多罪。

1922年3月12日刊《晨报副镌》

署名仲密

收入《自己的园地》

关于儿童的书

我的一个男孩，从第一号起阅看《儿童世界》和《小朋友》，不曾间断。我曾问他喜欢那一样，他说更喜欢《小朋友》，因为去年内《儿童世界》的倾向稍近于文学的，《小朋友》却稍近于儿童的。

到了今年这些书似乎都衰弱了，不过我以为小孩看了即使得不到好处，总还不至于有害。但是近来见到《小朋友》第七十期“提倡国货号”，便忍不住要说一句话，——我觉得这不是儿童的书了。无论这种议论怎样时髦，怎样得庸众的欢迎，我以儿童的父兄的资格，总反对把一时的政治意见注入到幼稚的头脑里去。

我们对于教育的希望是把儿童养成一个正当的“人”，而现在的教育却想把他做成一个忠顺的国民，这是极大的谬误。罗素在《教育自由主义》一文上，说得很是透彻；威尔士之改编世界历史，也是这个意思，想矫正自己中心的历史观念。日本文学家秋田雨雀曾说，日本学校的历史地理尤其是修身的教训都是颠倒的，所以他的一个女儿只在家里受教育，因为没有可进的正当的学校。画家木村君也说他幼年在学校所受的偏谬的思想，到二十岁后费了许多苦功才得把他洗净。其实，中国也何尝不如此，只是少有人出来明白的反对罢了。去年为什么事对外“示威运动”，许多小学生在大雨中拖泥带水的走，虽然不是自己的小孩，我看了不禁伤心，想到那些主任教员真可以当得“贼夫人之子”的评语。小孩长大时，因了自主的判断，要去冒险舍生，别人没有什么话说，但是这样的糟蹋，可以说是惨无人道了。我因此想起中古的儿童十字军来；在我的心里，这卫道的“儿童杀戮”实在与希律王治下的“婴儿杀戮”没有什么差别。这是我所遇见的最不愉快的情景之一。三年前，我在《晨报》上看见傅孟真君欧洲通信《疯狂的法兰西》后，曾发表一篇杂感叫《国荣与国耻》，其第五节似乎在现今也还有意义，重录于下：

> 中国正在提倡国耻教育，我以小学生的父兄的资格，正式的表示反对。我们期望教育者授与学生智识的根本，启发他们活动的能力，至于政治上的

主义，让他们知力完足的时候自己去选择。我们期望教育者能够替我们造就各个完成的个人，同时也就是世界社会的好分子，不期望他为贩猪仔的人，将我们子弟贩去做那颇仑们的忠臣，葬到凯旋门下去！国家主义的教育者乘小孩们脑力柔弱没有主意的时候，用各种手段牢笼他们，使变成他的喽啰，这实在是诈欺与诱拐，与老鸨之教练幼妓何异。……

总之我很反对学校把政治上的偏见注入于小学儿童，我更反对儿童文学的书报也来提倡这些事。以前见北京的《儿童报》有过什么国耻号，我就觉得有点疑惑，现在《小朋友》又大吹大擂的出国货号，我读了那篇宣言，真不解这些既非儿童的复非文学的东西在什么地方有给小朋友看的价值。在我不知道编辑的甘苦的人看来，可以讲给儿童听的故事真是无穷无尽，就是一千一夜也说不完，不过须用理知与想象串合起来，不是只凭空的说几句感情话便可成文罢了。鹿豹的颈子为什么这样长，可以讲一篇事物起原的童话，也可以讲一篇进化论的自然故事；火从那里来，可以讲神话上的燧人，也可以讲人类学上的火食起原。说到文化史里的材料，几乎与自然史同样的丰富，只等人去采用。我相信精魂信仰（Animism）与王帝起源等事尽可做成上好的故事，使儿童得到趣味与实益，比讲那些政治外交经济上的无用的话不知道要好几十倍。这并不是武断的话，只要问小孩自己便好：我曾问小孩这些书好不好看，他说，“我不很要看，——因为题目看不懂，没趣味。譬如题目是‘熊和老鼠’或‘公鸡偷鸡蛋’，我就欢喜看。现在这些多不知说的是什么！”编者或者要归咎于父师之没有爱国的教练，也未尝不可，但我相信普通的小孩当然对于国货仇货没有什么趣味，却是喜欢管“公鸡偷鸡卵”等闲事的。要提倡那些大道理，我们本来也不好怎么反对，但须登在“国民世界”或“小爱国者”上面，不能说这是儿童的书了。

在儿童不被承认、更不被理解的中国，期望有什么为儿童的文学，原是很无把握的事情，失望倒是当然的。儿童的身体还没有安全的保障，那里说得到精神？不过我们总空想能够替小朋友们尽一点力，给他们应得的权利的一小部分。我希望有十个弄科学、哲学、文学、美术、人类学、儿童心理、精神分析诸学，理解而又爱儿童的人，合办一种为儿童的定期刊，那么儿童即使难得正当的学校，也还有适宜的花园可以逍遥。大抵做这样事，书铺和学会不如私人集合更有希望；这是我的推想，但相信也是实在的情形，因为少数人比较的能够保持理性的清明，不至于容易的被裹到群众运动的涡卷里去。我要说明一句，群众运动有时在实际上无论怎样重要，但于儿童的文学没有什么价值，不但无益而且还是有害。

在理想的儿童的书未曾出世的期间，我的第二个希望是现在的儿童杂志一年里请少出几个政治外交经济的专号。

一九二三年八月

1923年8月17日刊《晨报副镌》

署名作人

收入《谈虎集》

《土之盘筵》小引

垒柴为屋木，和土作盘筵。

——路德延《孩儿诗》

有一个时代，儿童的游戏被看作犯罪，他的报酬至少是头上凿两下。现在，在开化的家庭学校里，游戏总算是被容忍了；但我想这样的时候将要到来，那刻大人将庄严地为儿童筑“沙堆”，如筑圣堂一样。

我随时抄录一点诗文，献给小朋友们，当作建筑坛基的一片石屑，聊尽对于他们的义务之百分一。这些东西在高雅的大人先生们看来，当然是“土饭尘羹”，万不及圣经贤传之高深，四六八股之美妙，但在儿童我相信他们能够从这里得到一点趣味。我这几篇小文，专为儿童及爱儿童的父师们而写的，那些“蓄道德能文章”的人们本来和我没有什么情分。

可惜我自己已经忘记了儿时的心情，于专门的儿童心理学又是门外汉，所以选择和表现上不免有许多缺点，或者令儿童感到生疏，这是我所最为抱歉的。

一九二三年七月十日

沙堆（Sand Pile）见美国霍耳[①]论文，在《儿童生活与教育之各方面》内。

① 霍耳：即斯坦利·霍尔（1844—1924），美国心理学家、教育家。

神话的辩护

为神话作辩护，未免有点同善社的嫌疑。但是，只要我自信是凭了理性说话，这些事都可以不管。

反对把神话作儿童读物的人说，神话是迷信，儿童读了要变成义和团与同善社。这个反对迷信的热心，我十分赞同，但关于神话养成迷信这个问题我觉得不能附和。神话在儿童读物里的价值是空想与趣味，不是事实和知识。我在《神话与传说》中曾说：

> 文艺不是历史或科学的记载，大家都是知道的；如见了化石的故事，便相信人真能变石头，固然是个愚人，或者又背着科学来破除迷信，断断地争论化石故事之不合物理，也未免成为笨伯了。
>
> （《自己的园地》第九）

又在《儿童的文学》中说过：

> 儿童相信猫狗能说话的时候，我们便同他们讲猫狗说话的故事，不但要使得他们喜悦，也因为知道这过程是跳不过的，——然而又自然地会推移过去的，所以相当的应付了，等到儿童要知道猫狗是什么东西的时候到来，我们再可以将生物学的知识供给他们。

现在反对者的错误，即在于以儿童读物中的神话为事实与知识，又以为儿童听了就要终身迷信，便是科学知识也无可挽救。其实神话只能滋养儿童的空想与趣味，不能当作事实，满足知识的要求。这个要求，当由科学去满足他，但也不能因此而遂打消空想。知识上猫狗是哺乳类食肉动物，空想上却不妨仍是会说话的四足朋友；有些科学家兼做大诗人，即是证据。缺乏空想的人们以神话为事实，没有科学知识的便积极的信仰，有科学知识的则消极的趋于攻击，都是错了。迷信之所以有害者，以其被信为真实；倘若知是虚假，则在迷信之中也可以发见许多的美，因为我们以为美的不必一定要是真实。神话原是假的，他决不能妨害科学的知识的发达，也不劳科学的攻击，——反正这不过证明其虚假，正如笑话里证明胡子是有胡须的一般，于其原来价值别无增减。我承认，用神话是教儿童读诳话，但这决无害处，只要大家勿误认读神话之目的为求知识与教训。

有些人以为神话是妖人所造，用以宣传迷信，去蛊惑人的。这个说法完全是不的确。神话的发生，普通在神话学上都有说明，但我觉得德国翁特（Wundt）教授在《民族心理学》里说的很得要领。我们平常把神话包括神话、传说、童话三种，仿佛以为这三者发生的顺序就是如此的，其实却并不然。童话（广义的）起的最早，在“图腾”时代，人民相信灵魂和魔怪，便据了空想传述他们的行事，或借以说明某种的现象；这种童话有几样特点，其一是没有一定的时地和人名，其二是多有魔术，讲动物的事情，大抵与后世存留的童话相同，所不同者只是那些童话在图腾社会中为群众所信罢了。其次的是翁特所说的英雄与神的时代，这才是传说以及神话（狭义的）发生的时候。童话的主人公多是异物，传说的主人公是英雄，乃是人；异物都有魔力，英雄虽亦常有魔术与法宝的辅助，但仍具人类的属性，多凭了自力成就他的事业。童话中也有人，但大率处于被动的地位，现在则有独立的人格，公然与异物对抗，足以表见民族思想的变迁。英雄是理想的人，神即是理想的英雄；先以人与异物对立，复折衷而成为神的观念，于是神话就同时兴起了。不过神既是不死不变的东西，便没有什么兴衰事迹可记，所以纯粹的狭义的神话几乎是不能有的，一般所称的神话其实多是传说的变体，还是以英雄为主的故事。这两种发生的关系很是密切，指出一定的人物时地也都相同，与童话的渺茫殊异。上边的话固然“语焉不详”，但大约可以知道神话发生的情形，其非出于邪教之宣传作用也可明白了。在发生的当时大抵是为大家所信的，到了后来，已经失却信用，于是转移过来，归入文艺里供我们的赏鉴。即使真是含有作用的妖言，如方士骗秦汉皇帝的话，我们现在既不复信以为真，也正不妨拿来作故事看。我们不能容许神话作家（Mythopoios）再编造当作事实的神话，去宣传同善社的教旨，但是编造假的神话，不但可以做而且值得称赞的，因为这神话作家在现代就成了诗人了。

十三年二月

1924年1月29日刊《晨报副镌》

署名作人

收入《雨天的书》

《陀螺》序

刘侗《帝京景物略》记童谣云，“杨柳儿活抽陀螺”，又云：“陀螺者木制如小空钟，中实而无柄，绕以鞭之绳而无竹尺，卓于地，急掣其鞭，一掣，陀螺则转无声也。视其缓而鞭之，转转无复住，转之急，正如卓立地上，顶光旋旋，影不动也。”英国哈同（A. C. Haldon）教授在《人之研究》中引希勒格耳（G. V. Schlegel）之说，谓荷兰之陀耳（Tol）从爪哇传至日本，称作独乐，后又流入中国。唯日本源顺（Minamoto no Shitagau）编《和名抄》云：“独乐，（和名）古末都玖利，有孔者也。”独乐明明是汉语，日本语今简称“古末”（Koma）。源顺系十世纪初的人，当中国五代，可见独乐这玩具的名称在唐朝已有，并不是从外洋传入的了。

我用陀螺做这本小书的名字，并不因为这是中国固有的旧物，我只觉得陀螺是一件很有趣的玩具，幼小时玩过一种有孔能叫的，俗名“地鹁鸽”，至今还记得，此外又因了《帝京景物略》里的歌辞以及希腊的陶器画，便使我想定了这个名称。这一册小集子实在是我的一种玩意儿，所以这名字很是适合。我本来不是诗人，亦非文士，文字涂写，全是游戏，——或者更好说是玩耍。平常说起游戏，总含有多少不诚实的风雅和故意的玩笑的意味，这也是我所不喜欢的，我的乃是古典文字本义的游戏，是儿戏（Paidia），是玩，画册图象都是玩具（Paignia）之一。我于这玩之外别无工作，玩就是我的工作，虽然此外还有日常的苦工，驮砖瓦的驴似的日程。驮砖瓦的结果是有一口草吃，玩则是一无所得，只有差不多的劳碌，但是一切的愉快就在这里。昨天我看满三岁的小侄儿小波波在丁香花下玩耍，他拿了一个煤球的铲子在挖泥土，模仿苦力的样子用右足踏铲，竭力地挖掘，只有条头糕一般粗的小胳膊上满是汗了，大人们来叫他去，他还是不歇，后来心思一转这才停止，却又起手学摇煤球的人把泥土一瓢一瓢地舀去倒在台阶上了。他这样的玩，不但是得了游戏的三昧，并且也到了艺术的化境。这种忘我地造作或享受之悦乐几乎具有宗教的高上意义，与时时处处拘囚于小主观的风雅大相悬殊：我们走过了童年、赶不着艺术的人，不容易得到这个心境，但是虽不能至，心向往之；既不求法，亦不求知，那么努力学玩，正是我们唯一的道了。

这集子里所收都是翻译。我的翻译向来用直译法，所以译文实在很不漂亮，——虽然我自由抒写的散文本来也就不漂亮。我现在还是相信直译法，因为我觉得没有更好的方法。但是直译也有条件，便是必须达意，尽汉语的能力所及的范围内，保存原文的风格，表现原语的意义，换一句话就是信与达。近来似乎不免有人误会了直译的意思，以为只要一字一字地将原文换成汉语，就是直译，譬如英文的 Lying on his back 一句，不译作“仰卧着”而译为“卧着在他的背上”，那便是欲求信而反不词了。据我的意见，“仰卧着”是直译，也可以说即意译；将它略去不译，或译作“坦腹高卧”以至“卧北窗下自以为羲皇上人”是胡译；“卧着在他的背上”这一派乃是死译了。古时翻译佛经的时候，也曾有过这样的事，在《金刚经》中“与大比丘众千二百五十人俱”这一句话，达摩笈多译本为“大比丘众共半十三比丘百”，正是相同的例：在梵文里可以如此说法，但译成汉文却不得不稍加变化，因为这是在汉语表现力的范围之外了。这是我对于翻译的意见，在这里顺便说及，至于有些有天才的人不但能够信达雅，而且还能用了什么译把文章写得更漂亮，那自然是很好的，不过是别一问题，现在可以不多说了。

集内所收译文共二百八十篇，计希腊三十四，日本百七十六，其他各国七十。这些几乎全是诗，但我都译成散文了。去年夏天发表几篇希腊译诗的时候，曾这样说过：

> 诗是不可译的，只有原本一首是诗，其他的任何译文都是塾师讲《唐诗》的解释罢了。所以我这几首《希腊诗选》的翻译实在只是用散文达旨，但因为原本是诗，有时也就分行写了：分了行未必便是诗，这是我所想第一声明的。

所以这不是一本译诗集。集中日本的全部，希腊的二十九篇，均从原文译出，其余七十五篇则依据英文及世界语本，恐怕多有错误，要请识者的指教。这些文章系前后四五年间所写，文体很不统一，编订时不及改正，好在这都是零篇，不相统属，保存原形或者反足见当时的感兴，姑且以此作为辩解罢。

这一点小玩意儿——一个陀螺——实在没有什么大意思，不过在我是愉快的玩耍的纪念，不免想保留它起来。有喜欢玩耍的小朋友我也就把这个送给他，在纸包上面写上希腊诗人的一句话道：

一点点的礼物，
藏着个大大的人情。

中华民国十四年六月十二日，记于北京。

1925年6月22日刊《语丝》第32期
署名周作人
收入《苦雨斋序跋文》

《蒙氏教育法》序

中国人很有点奇怪，他把自己的性命与儿童都一样地看得不大值钱。前清时子弟读书，目的自然是在正路功名，第一重要的是学帖括，应科举，等到屡试不售，不得不变换方向，改为学幕或学生意，万一连这个也弄不好，于是便走最后一着——去行医，坐馆教书！这并不是夸张的话，在民国四五年顷，吾乡六七块钱一月的小学教师里，失业的杂货铺伙计的数目实在不会比不第秀才少，以前的情形更可想而知了。乡间的医生大都还是在谈五行气化，用"锡"一块做药引，教师虽然不至于完全"都都平丈我"，但依旧是登皋比秉戒尺气象，其不"误人子弟"者盖几希的了：中国的死亡率之高我们如将一半归功于那些许多所谓功侔良将的大夫们，那么低能率之高也就不能不说是那些不知儿童为何物的教师诸子的功劳了。

儿童这样东西原是古已有之的，但历来似乎都不知道，虽然他们终日在大人们的眼前，甚至如几道严复先生所说，充满街巷，辗转于车尘马迹间。直至很近的近世，而且还在夷地，这才被人家发见，原来世上有一种所谓儿童的物事，与人及女人的发见并称为三大发见之一。这种发见本来与一切的发见一样，并不怎么希奇，只是把原来就在那里就是如此的东西看见了而已，但是这一看见不打紧，却不免因此总发生了若干的大小影响。少数的明智的教育家与学者承认儿童是灵长类的一种小动物，并不是缩小了的成人，把它另眼看待，其结果是发生了幼稚园的制度与儿童学的研究，多谢人类的保守性，不知是从倦怠呢还是从愚蠢出来的，不准社会上发现过激的变化，使父师还得保持他们平日的威严，于是成功一种捏捏放放的半智半愚的教育，虽然在我们将子女当作家畜看的中国已经觉得新的有点可怕了。儿童明明是驹或犊似的 Live stock，教师只是看管的厮养罢了（这是所以称为 Pedagogue=Paidagogs 的缘故，可见是与古典时代的意见很合的），现在却忽然改变，说小儿是一粒花木的种子，要人去顺从了它的天性加以培养，不准去妄动它，旧日的“看鸭”先生现今非变为郭橐驼一流的园艺家不可了。道统治下的中国人不能容易收纳或了解这种意思与办法，正是很自然而无足怪的。

近来义大利的蒙德梭利女士又发表了她的教育法，最初介绍的仿佛记得是钱稻孙先生，揭载在《教育部月刊》上面。虽然对于儿童的空想方面稍欠注意，如英国加伐威尔教授也曾说及，他的“儿童之家”的教育法总是极好的，于活动及感觉各方面的练习实在最适于实用，但不知怎地我们的好谈实用主义的教育家也不很注意，大约至少有十足十年不听见社会上说起蒙氏教育法的名字了。日前张雪门先生拿了他所编的一本书来给我看，这才又令我记了起来。张先生的爱小孩与研究学问是有名的，你去问孔德南分校的学生那位“外面的老先生”，他们是无不佩服而且喜欢的，张先生的幼稚园研究又是已经很有成绩。今年暑假期间，张先生把自己关在书房里整整地关了一个夏天，后来开出门来，手里便拿着这一卷书，即是蒙氏教育法的研究。这令我发生“三种感想”：第一是我们白过了这个暑假，什么文字都没有能做，相形之下不免惭愧。第二是对于张先生的小不敬，在现今这个中国，儿童的运命只配由落第文童、失业店伙去管的时代，只要有一根部颁戒尺便足了吾事，而张先生讲福禄贝尔不够，还要来谈蒙德梭利，岂不叫人笑他迂阔？第三，话又说了回来，蒙氏教育法到底是很好的，可以说是儿童界的福音，特别是在此刻现在的中国，张先生肯这样刻苦地把它介绍提倡，无论被人家笑为迂阔也好不理也好，总之是很有意义，值得佩服的事：所以这第三点便是表示我佩服之至意了。

民国十六年十月四日，即丁卯重九日，于北京内右四区。

1927 年 10 月 22 日刊《语丝》第 154 期

署名岂明

未收入自编文集

《杨柳风》

去年冬天在一个朋友那里见到英国密伦（A.A.Milne）的著作，论文和儿歌，觉得喜欢，便也去定购了一本论文集，名叫《这没有关系》（Not That It Matters，1928 九版），其中有一篇《金鱼》，我拟作了一篇，几乎闯了祸，这固然是晦气，但是从这里得来的益处却也并不是没有。集里又有一篇文章，名《家常书》，乃是介绍格来亨（Kenneth Grahame）所作的《杨柳风》（The Wind in the Willows，1908）的。关于格来亨，我简直无所知，除了华克（Hugh Walker）教授在《英国论文及其作者》中说及，“密特耳顿（Richard Middleton）的论文自有它的地位，在那里是差不多没有敌手的，除了格来亨君的几本书之外。”密特耳顿著有论文集《前天》，是讲儿童生活的，所以这里所引的格来亨大约也是他的这一类的书，如《黄金时代》等，但总不是我所想要知道的《杨柳风》，结果还只得回来听密伦的话才能明白。可是，他也不肯说得怎么明白，他说，“我不来形容这书，形容是无用的。我只说这句话，这是我所谓家常书的便是。”他在上边又说，“近十年来我在保荐它。我初次和生客会见常谈到这书。这是我的开场白，正如你的是关于天气的什么空话。我如起头没有说到，我就把它挤在末尾。”我听了介绍者的话，就信用了他，又去托书店定购一本格来亨的《杨柳风》。

但是我没有信用他到底，我只定了一本三先令半的，虽然明知道有沛恩（Wyndham Payne）的插画本，因为要贵三先令，所以没有要，自己也觉得很小气似的。到了上月中旬，这本书寄来了，我不禁大呼愚人不止，——我真懊悔，不该吝惜这三九两块七的钱，不买那插画本的《杨柳风》。平常或者有人觉得买洋书总是一件奢侈的事，其实我也不能常买，买了也未必全读，有些买了只是备参考用，有些实在并不怎么好，好听不中吃，但也有些是懒——懒于把它读完。这本《杨柳风》我却是一拿来便从头至尾读完了，这是平常不常有的事，虽然忘记了共花了几天工夫。书里边的事情我也不能细说，只记得所讲的是土拨鼠、水老鼠、獾、獭、黄鼠狼，以及“癞施堂的癞施先生”（Mr. Toad of Toad Hall），和他老先生驾汽车，闹事，越狱等事的。无论这给别位看了觉得怎样，在我总是很满意，只可惜没有能够见到插画，那想必也是很好的了。据书页上广告说明这本书，我觉得很是适切，虽然普通广告都是不大可靠：

> 这是一本少年之书，所以因此或者专是给少年看，以及心里还有少年精神活着的人们看的。这是生命，日光，流水，树林，尘土飞扬的路，和冬天的炉边之书。这与《爱丽思漫游奇境记》相并，成为一种古典。

《杨柳风》于一九〇八年出版，我得到的是一九二九年本，已是三十一版了，卷首广告密伦的新著剧本《癞施堂的癞施》，注明即是根据《杨柳风》改编的。恰巧天津有一位小朋友知道我爱那《杨柳风》，便买了这本剧本来送我，省得我再花钱去定，使我非常感激。我得到这剧本后又把它从头至尾读完了，这是根据格来亨的，却仍满是密伦，所以觉得很有意思。序文上有些话说得很好，抄录一点在这里：

> 有好些随便的事，只肯让我们自己去做。你的

> 手和我的手都不见得比别人的手更干净，但是我们所愿要的那捏过一捏的牛油面包，还是放过我们自己的大拇指的那几片。把格来亨先生变成剧本，或者会使得他遍身都印上不大漂亮的指痕，可是我那样的爱他的书，所以我不愿意别人把它来弄糟了。因此我接受了那提示，便是我来改编《杨柳风》为剧本，假如这是别一种书，我就以为太难，只好辞谢了。

关于书中的土拨鼠，他说：

> 有时候我们该把他想作真的土拨鼠，有时候是穿着人的衣服，有时候是同人一样的大，有时候用两只脚走路，有时候是四只脚。他是一个土拨鼠，他不是一个土拨鼠。他是什么？我不知道。而且，因为不是一个认真的人，我并不介意。

这些话我都很佩服，所以乐为介绍，至于剧本（及故事原本）的内容，只好请它自己来说明，我觉得别无办法了，除非来整篇地翻译。

《杨柳风》与《癞施堂的癞施》的确是二十世纪的儿

童（一岁到二十五岁！）文学的佳作，值得把它译述出来，只是很不容易罢了。它没有同爱丽思那样好玩，但是另有一种诗趣，如《杨柳风》第七章《黎明的门前之吹箫者》，写得很美，却也就太玄一点了，这个我怀疑是否系西方文人的通病。不过，我们自己既然来不成，那么剩下的可走的路只有翻译了。这个实在难，然而也顾不得它难，——到底还是难，我声明不敢尝试，虽然觉得应当尝试。从前曾说过这样的话："我们没有迎合社会心理去给群众做应制的诗文的义务，但是迎合儿童心理供给他们文艺作品的义务，我们却是有的，正如我们应该拒绝老辈的鸦片烟的供应而不得不供给小孩的乳汁。"这是民国十二年三月里的事，七月二十日在《土之盘筵》一篇后记里说："即使我们已尽了对于一切的义务，然而其中最大的——对于儿童的义务还未曾尽，我们不能不担受了人世一切的苦辛，来给小孩们讲笑话。"也是同样的意思。实行到底不大容易，所以至今还是空话介绍，实在很是惭愧，而儿童文学"这个年头儿"已经似乎就要毕命了。在河南的友人来信说："在中国什么东西都会旧废的，如关税和政治学说都印在初级小学一二年级课本上，那注重儿童个性，切近儿童生活，引起儿童兴趣的话，便是废旧了。"这有什么法子呢？中国的儿童教育法恐怕始终不能跳出"读经"，民国以来实在不读经的日子没有多少。我介绍这两种小书，也只好给有闲的朋友随便读了消遣长夏吧?

八月四日于北平

1930年8月18日刊《骆驼草》第15期

署名岂明

收入《看云集》

《长之文学论文集》跋[①]

李长之君在北大理预科时我就认识他。他学过生物，又转习哲学，爱好文学，常写些批评文。这回要选集了出一本书，叫我写序，这个我当然愿意作，虽然我的文学小铺早已关门，对于文学不知道怎么说好，但是我相信以李君的学力与性格去做文学批评的工作总是很适当能胜任的，所以关于本题权且按下不表，我在这里只能来说几句题外的闲话罢了。

我读李君的文章留下印象最深的一点是他对于儿童的关切。在现今的中国，我恐怕教育上或文艺上对于这个问题不大注意久矣夫已非一日了罢。说也奇怪，家里都有

① 原题为“论救救孩子——题《长之文字论文集》后”，收入《苦茶随笔》改为今题。

小孩，学校内和街上也都是，然而试问儿童是什么？谁知道！或者这是一种什么小东西子罢，或者这是小的成人，反正没有多大关系。民国初年曾经有人介绍过蒙德淑利[①]的《儿童之家》，一时也颇热闹，我在东南的乡下见到英文书也有十种之谱，后来我都寄赠给北京女高师，现在大约堆在什么地方角落里，中国蒙德淑利的提倡久已消灭，上海大书店所制的蒙氏教具也早无存货罢。幼稚园，这实在可称为“儿童之园”，因为正式列入教育统系的缘故，总算至今存在，似乎也有点只幼稚而不园。福勒贝尔大师的儿童栽培法本来与郭橐驼的种树法相通，不幸流传下来均不免貌似神离，幼稚园总也得受教育宗旨的指挥，花儿匠则以养唐花、扎鹿鹤为事了。听说现代儿童学的研究起于美洲合众国，斯丹莱霍耳博士以后人才辈出，其道大昌，不知道何以不曾传入中国？论理中国留学美国的人很多，学教育的人更不少，教育的对象差不多全是儿童，而中国讲儿童学或儿童心理的书何以竟稀若凤毛麟角，关于儿童福利的言论亦极少见，此固一半由于我的孤陋寡闻，但假如文章真多，则我亦终能碰见一篇半篇耳。据人家传闻，西洋在十六世纪发见了人，十八世纪发见了妇女，十九世

① 即第 147 页文中的蒙德梭利。

纪发见了儿童，于是人类的自觉逐渐有了眉目，我听了真不胜歆羡之至。中国现在已到了那个阶段我不能确说，但至少儿童总尚未发见，而且也还未曾从西洋学了过来。

自从文章上有“救救孩子”的一句话，这便成为口号，一时也流行过。但是怎样救法呢，这还未见明文。我的“杞天之虑”是，要了解儿童问题，同时对于人与妇女也非有了解不可，这须得先有学问的根据，随后思想才能正确。狂信是不可靠的，刚脱了旧的专断便会走进新的专断。我又说，只有不想吃孩子的肉的，才真正配说救救孩子。现在的情形，看见人家蒸了吃，不配自己的胃口，便嚷着要把“它”救了出来，照自己的意思来炸了吃。可怜人这东西本来总难免被吃的，我只希望人家不要把它从小就“栈”起来，一点不让享受生物的权利，只关在黑暗中等候喂肥了好吃或卖钱。旧礼教下的卖子女充饥或过瘾，硬训练了去升官发财或传教打仗，是其一，而新礼教下的造成种种花样的信徒，亦是其二。我想人们也太情急了，为什么不能慢慢的来，先让这班小朋友们去充分的生长，满足他们自然的欲望，供给他们世间的知识，至少到了中学完毕，那时再来诱引或哄骗，拉进各派去也总不迟。现在却那么迫不及待，道学家恨不得夺去小孩手里的不倒翁而易以俎豆，军国主义者又想他们都玩小机关枪或大刀，在幼稚园也加上战事的训练，其他各派准此。这种办法我很不以为然，虽然在社会上颇有势力。蒙德淑利与福勒贝尔的祖国都变成了法西斯的本场，教育与文艺都隶属于政治之下，壮丁已只是战争之资料，更何论妇女与儿童乎！此时而有救救孩子的呼声，如不是类似拍花子的甘言，其为大胆深心的书呆子的叹息盖无疑矣。

天下之书呆子少而拍花子多，盖不得已之事也。老实说，我对于救救孩子的呼声一点儿都不相信，李君对于欺骗小孩子的甚为愤慨，常有言论，这我最有同感。教育家不把儿童看在眼里，但是书店却把他们看在眼里的，这就是当作主顾看，于教科书之外再摆出些读物来，虽然他们如亲自到柜台边去，却也仍旧要遇着伙计们的白眼的。中国学者中没有注意儿童研究的，文人自然也同样不会注意，结果是儿童文学也是一大堆的虚空，没有什么好书，更没有什么好画。在日本这情形便很不相同，学者文人都来给儿童写作或编述，如高木敏雄、森林太郎、岛崎藤村、铃木三重吉等皆是。画家来给儿童画插画，竹久梦二可以说是少年少女的画家，最近如田河水泡画作的《凸凹黑兵卫》的确能使多多少少的小儿欢喜笑跳，就是我们读了也觉得有兴趣。可惜中国没有这种画家，一个也没有。——可是这有什么法子。第一，实在天不生这些人才。第二，国民是整个的，政客、军人、教育家、文士、画师，好总都好，坏也都坏，单独期望谁都不成，攻击谁也都不大平安。李君却要说话，这是我所最佩服的。我也记不清是那几篇文章了，也不知是批评出版还是思想那一方面的权威了，总之我记得的是李君对于儿童的关切，其次是说话的勇气，不佞昔日虽曾喜谈虎，亦自愧弗如矣。

李君的书是批评论文集，我这样的乱说一番，未免有点文不对题。但是我早同李君说过，我写序跋是以不切题为宗旨的。还有一层，我说李君对于儿童的关切等等，即使集中很少这些论文也并不妨，反正这是李君的一种性格，我不敢论文，只少少论人而已。至于论人假如仍旧论得不切题，那么这也就包括在上文所说之内，请大家原谅可也。

二十三年十一月二十日，识于北平。

1934 年 12 月 8 日刊《大公报》

署名知堂

收入《苦茶随笔》

谈中小学

五年前我写过一篇小文，题曰《体罚》，起头有这几句话：

> 近来随便读斯替文生的论文《儿童的游戏》，首节说儿时之过去未必怎么可惜，因为长大了也有好处，譬如不必再上学校了，即使另外须得工作，也是一样的苦工，但总之无须天天再怕被责罚，就是极大的便宜。我看了不禁微笑，心想他老先生小时候大约很打过些手心吧。

前日又看尤西堂的《艮斋杂说》，卷五讲到前辈俞君宣的逸事，有云：

> 俞临没时语所亲曰，吾死无所苦，所苦此去重抱书包上学堂耳。

俞君宣大约是滑稽之雄，所以说的很是好玩，但是我觉得在这诙谐之中很含有悲哀的分子，非意识地显出对于儿童时代生活的惆怅，与斯替文生有点相像。儿童之过去未必怎么可惜，这为什么呢？儿时是应该令人觉得可以怀念的，斯替文生却以为过去了也好，俞君宣又怕回到那个状态去，一个说因此可免于挨打，一个说怕抱书包去上学。由此观之，儿时快乐之多为学堂所破坏，盖很可以明了了。

俞君宣总生于明末清初，斯替文生也是十九世纪的人了，他们的经验或者未必通用于现代，这也是一种可以有的说法。但是据我看来并不如此。英国或者改进了，我不懂西洋事情姑且不谈，若是中国我觉得俞君宣的话还是不错。现在中小学生的生活是很不幸的一种生活，从前的学堂即是书房，完全没有统一的办法，都是由各家长的规矩各塾师的教法随便决定，有极严的也有很宽的，有的要读夜书到半夜，有的到傍晚放学就可以出去玩耍乱跑，有的用蒲鞭示辱法的打五下手心，有的用竹枝鞭背外加擦盐。那时学生是有幸有不幸，看他有没有运气得到贤父兄，就是恶父兄而得遇良师也就不会十分吃苦。所以在有洋式学校以前学生抱书包进学堂并不一定就落了监牢，虽然好机会固然未必很多，然而不多到底还是有。此刻现在，则此“有”似乎是有点不可得了。

我并不说现今的学校制度不及从前书房私塾好，也没有说学校怎样地凌虐学生，这当然是不会有的事。我只觉得现在的中小学校太把学生看得高，以为他们是三头六臂至少也是四只眼睛的，将来要旋转乾坤，须得才兼文武，学贯天人，用黎山老母训练英雄的方法来，于是一星期六天（自然没有星期以及暑假更好，听说也已有什么人说起过），一天八点十点的功课，晚上做各种宿题几十道，写大字几张小字几百，抄读本，作日记，我也背不清楚，各科先生都认定自己的功课最重要，也不管小孩是几岁，身体如何，晚上要睡几个钟头，睡前有若干刻钟可以做多少事。我常听见人诉说他家小孩的苦和忙于中小学功课与训练，眼看着他们吃受不下去。我想这种教育似乎是从便宜坊的填鸭学来的，不过鸭是填好了就预备烤了吃的，不必管他填了之后对于鸭的将来生活影响如何，人当然有点不同吧，填似可不必，也恐怕禁不起填。现行中小学制度的利弊会有也已有教育专家出来指正，外行人本可免开尊口，我只见了功课的繁重与训练的紧急觉得害怕，想起古人的话来，替人家惆怅，也深自庆幸，因为我已如斯替文生之不必再怕去上学，而且又不信轮回的，所以也不必像俞君宣之怕须重抱书包也。

十一月

1935年11月作

署名周作人

收入《苦竹杂记》

安徒生的四篇童话

我和安徒生（H. C. Andersen）的确可以说是久违了。整三十年前我初买到他的小说《即兴诗人》，随后又得到一两本童话，可是并不能了解他，一直到了一九〇九年在东京旧书店买了丹麦波耶生的《北欧文学论集》和勃阑特思的论文集（英译名《十九世纪名人论》）来，读过里边论安徒生的文章，这才眼孔开了，能够懂得并喜欢他的童话。后来收集童话的好些译本，其中有在安徒生生前美国出版的全集本两巨册，一八七〇年以前的童话都收在里边了，但是没有译者名字，觉得不大靠得住。一九一四年奥斯福大学出版部的克莱吉夫妇编订本，收录完备，自初作的《火绒箱》以至绝笔的《牙痛老姆》全都收入，而且次序悉照发表时代排列，译文一一依据原本改正，削繁补缺，可谓善本，得此一册也就可以满足了，虽然勃拉克斯塔特本或培因本还觉得颇喜欢，若要读一两篇时选本也更为简要。但是我虽爱安徒生童话，译却终于不敢，因为这件事实在太难了，知道自己的力量很不够，只可翻开来随意读读或对客谈谈而已，不久也就觉得可以少谈，近年来则自己读了消遣的事也久已没有了。

去年十二月三十日却忽然又买到了一小本安徒生的童话。这件事情说来话长。原来安徒生初次印行童话是在一八三五年，内系《火绒箱》《大克劳斯与小克劳斯》《豌豆上的公主》《小伊达的花》，共四篇，计六十一叶。去年一九三五正是百年纪念，坎勃列治大学出版部特刊四篇新译，以为纪念，我就托书店去定购，等得寄到时已经是残年向尽了。本文系开格温（R. P. Keigwin）所译，有拉佛拉忒夫人（Gwen Raverat）所作木板画大小三十五幅，又安徒生小像两个，——这都只有两英寸高，所以觉得不好称幅。安徒生的童话前期所作似更佳，这四篇我都爱读，这回得到新译小册，又重复看了两三遍，不但是多年不见了的缘故，他亦实在自有其好处也。

译者在卷首题句，借以纪念他父母的金刚石结婚，盖结婚在一八七五，正是安徒生去世之年，到了一九三五整整的是六十年了。译者又有小引云：

回顾一百年的岁月，又记着安徒生所写童话的数目，我们便要惊异，看这最初所出的第一辑是多么代表的作品，这诗人又多么确实的一跳起来便踏定脚步。在一八三五年的早春他写信给印该曼道："我动手写一两篇故事，讲给儿童们听的，我自己觉得很是成功。"

他所复述的故事都是那些儿时在芬岛他自己所喜欢听的，但是那四篇却各有特别显明的一种风格。在《火绒箱》里，那兵显然是安徒生自己，正因为第一篇小说的目前的成功高兴得了不得，那文章的调子是轻快的莽撞的。在《大克劳斯与小克劳斯》那快活的民间喜剧里，他的素朴性能够尽量的发现，但其效力总是健全而兴奋的。这两篇故事里金钱的确是重要的主眼，而这也正是金钱为那时贫穷的安徒生所最需要的东西。或者那时候他所要的还该加上一个公主罢。于是有那篇《豌豆上的公主》，这里有他特别的一股讽刺味，这就使得那篇小故事成为一种感受性的试验品。末了有《小伊达的花》，一篇梦幻故事，像故事里的花那么温和柔脆，在这里又显示出别一样的安徒生来，带着路易加乐尔（Lewis Carroll）的希微的预兆，——伊达帖蔼勒即是他的阿丽思列特耳。《小伊达》中满是私密的事情，很令我们想起那时代的丹麦京城是多么的偏鄙，这故事虽是一部分来自霍夫曼，但其写法却全是独创的。而且在这里，安徒生又很无心的总结起他对于异性的经验："于是那扫烟囱的便独自跳舞，可是这倒也跳得不坏。"

关于安徒生的文体还须加以说明，因为正是这个，很招了他早期批评家的怒，可是末后却在丹麦散文的将来上发生一种强有力的影响。他在那封给印该曼的信上说，"我写童话，正如我对小孩讲一样。"这就是说，他抛弃了那种所谓文章体，改用口语上的自然的谈话的形式。后年他又写道，"那文体应该使人能够听出讲话的人的口气，所以文字应当努力去与口语相合。"这好像是一篇论广播的英文的话，安徒生实在也可以说是一个最初的广播者。他在几乎一百年前早已实行了那种言语的简单化的技术，这据说正是不列颠广播会（B.B.O.）的重要工作之一。

他在叙述上边加以种种谈话的笔法，如干脆活泼的开场，一下子抓住了听者的注意，又如常用背躬独白或插句，零碎的丹麦京城俗语，好些文法上的自由，还有那些语助辞——言语里的点头和撑肘，这在丹麦文里是与希腊文同样的很丰富的。安徒生在他的童话里那样的保持着谈话的调子，所以偶然碰见一点真的文章笔调的时候你就会大吃一惊的。他又说道，“那些童话是对儿童讲的，但大人们也可以听。”所以其言语也并不以儿童的言语为限，不过是用那一种为儿童所能理解与享受的罢了。（这是很奇异的，安徒生的言语与格林所用的相差有多么远，且不说他的诙谐趣味，这在丹麦人看来是他最为人所爱的一种特色。在英国普通以为他太是感伤的印象，也大抵都是错误的。）

现在只简略的说明安徒生的言语的技术，但是可惜，这常被湮没了，因为译者的想要修饰，于是在原著者的散文上加了好些东西，而这在原本却正是很光荣地并没有的。至于其余的话可以不说了，这里是他最初的四篇童话，自己会得表明，虽然这总使人绝望，不能把真的丹麦风味搬到英文上来。安徒生，丹麦的儿童的发见者，也是各国家的和各国语的儿童的恩人。真是幸福了，如不久以前一个法国人所说，幸福的是他们，自己以为是给儿童写作，却是一般地贡献于人类，盖他们乃是地上的君王也。

上面引用安徒生晚年所写的话，原见丹麦全集第二十七册，美国本亦译载之，系一八六八年所记，说明其写童话的先后经过者也。自叙传《我一生的童话》之第七章中也说及此事，但不详细。一九三二年英国出版《安徒生传》，托克斯微格女士（Signe Toksvig）著，盖是丹麦人而用英文著述者，第十三章关于童话第一辑叙说颇多，今不重述，但有两点可以补充。其一，《豌豆上的公主》本是民间传说，与《火绒箱》等都是从纺纱的女人和采诃布花的人听来的，但这里有一点对于伍尔夫小姐的讽刺，因为她遇见无论什么小事总是太敏感的。其二，扫烟囱的独自跳舞，因为洋娃娃苏菲拒绝了他，不肯同安徒生跳舞的据说也有其人，即是珂林家的路易丝小姐，可是这传里最有益的资料并不是这些，乃是他讲人家批评安徒生的地方。这辑童话出去之后，大杂志自然毫不理会，却有两家很加以严正的教训。传中云：

这是很怪的，安徒生平常总是那么苦痛的想，觉得自己老是恶意的误解与可怕的不公平之受害者，对于这两个批评却似乎不曾流过眼泪。但是我们不妨说，在全世界的文学史上，实在再也没有东西比这更是傲慢而且驴似地蠢的了。

这很值得引用。第一个批评说："虽然批评者并不反对给成人们看的童话，可是他觉得这种文学作品全然不适宜于儿童。他自然也知道儿童容易对于奇异事情感受兴趣，但是他们的读物，即使是在校外，可以单给他们娱乐的么？凡是要给儿童什么东西去读的，应该在单去娱乐他们之上有一个较高的目的。但就事实来说，童话里不能够把自然与人类的有用知识传授给儿童们，至多只有几句格言罢了，所以这是一个问题，是否太是利少害多，因为这会把他们心里都灌满了空想了。"

批评者又列举各篇童话，承认说这的确可以使儿童听了喜欢，可是这不但不能改进他们的心，反而会有很大的害处：

"有人承认这可以改进儿童的礼仪观念么？他看这童话里说一个熟睡的公主骑在狗背上跑到兵那里，兵亲了她的嘴，后来她完全清醒了的时候告诉父母这件妙事，说是一个怪梦！"

又，"儿童的羞耻意识可以改进么？他看童话里说一个女人在她丈夫出门的时候独自同那管庙的吃酒饭？"

又，"儿童的人命价值观念可以改进么？他看那

《大克劳斯与小克劳斯》里的那些杀人事件？”

至于《豌豆上的公主》，“这在批评者看去似乎不但是粗俗而且还很荒唐，因为儿童看了或者会吸收这种错误观念，以为那些贵妇人真是这么了不得的皮薄的。”

“《小伊达的花》算是比较的没有弊害，但是可惜，这里边也没有道德教训！”

那位先生于是在末尾劝这有才能的著者要记住他的崇高的职务，勿再这样浪费他的光阴。

第二个批评差不多也是同样的口调，但是着力说明这样用口语写文章之无谓，因为这总该把难懂一点的东西去给儿童，那么他们会努力去想懂得。这才是儿童们所尊重的。否则就会使得他们有机会自尊起来，随意批评事情，这于儿童是极有害的事。他劝安徒生不要这样的弄下去，但是那批评家摩耳贝克刚才印行了一本故事集，这是文章作法的模范，而且也指示出教训来，这就是在童话里也还该有的。

一世纪后苏维埃政府阻止学校里读童话，理由是说童话颂扬王子与公主。

在一百年前，这样子的批评其实是不足怪的。可怪的只是有安徒生这种天才，突然地写出破天荒的小故事，把世人吓一跳，然而安徒生自己却也并不知道。他被人家这么教训了之后，也就想回过去做他的小说，这些“劳什子”放弃了本来并不觉得可惜。大家知道欧洲的儿童发见始于卢梭，不过实在那只可算是一半，等到美国史丹来霍耳博士的儿童研究开始，这才整个完成了。十八世纪在文学上本是一个常识教训的时代，受了卢梭影响的儿童教育实在也是同一色彩，给儿童看的书里非有教训不可，这正是当然的道理。举一个极端的例，我在《缢女图考释》中引用法国戴恩的话，说王政复古时的英国人将克林威耳等人的死体挂在绞架上，大家去看，我加以解说道：

但是这种景象也有人并不以为可嫌恶，因为这有道德的作用，十八世纪时有些作家都如此想，有儿童文学的作者如谢五德太太（Mrs.Sherwood）便很利用绞架为教科。哲木斯在《昨日之儿童的书》（一九三三年）引论中说，他们诚实的相信，恶人的公平而且可怕的果报之恐吓，应该与棍子和药碗天天给孩子们服用，这在现代儿童心理学的泰斗听了是会很感到不安的。这恐怕是实在的，但在那时却都深信绞架的价值，所以也不见得一定会错。现在

> 且举出谢五德太太所著的《费厄却耳特家》为例，两个小孩打架，费厄却耳特先生想起气是杀人媒的话，便带领他们到一个地方去，到来看时原来是一座绞架。“架上用了铁索挂着一个男子的身体，这还没有落成碎片，虽然已经挂在那里有好几年了。那身体穿了一件蓝衫，一块丝巾围着脖子，穿鞋着袜，衣服一切都还完全无缺，但是那尸体的脸是那么骇人，孩子们一看都不敢看。”这是一个杀人的凶手，绞死了示众，直到跌落成为碎片而止。费厄却耳特先生讲述他的故事，一阵风吹来摇动绞架上的死人，锁索悉索作响，孩子们吓得要死，费厄却耳特先生还要继续讲这故事，于是圆满结局，两个小孩跪下祷告，请求改心。

这样看来，安徒生的做法确是违反文学正宗的定律的了。可是正宗派虽反对，而儿童却是喜欢听。浪漫主义起来，独创的美的作品被重视了，儿童学成立，童话的认识更明确了，于是出现了新的看法，正宗的批评家反被称为驴似的蠢了。但是，那些批评在中国倒是不会被嫌憎的，因为正宗派在中国始终是占着势力，现今还是大家主张读经读古文，要给儿童有用的教训或难懂的主义，这与那两个批评是大半相合的。在世界也是思想的轮回，宗教与科学，权威与知识，有如冬夏昼夜之迭代，中国则是一个长夜，至少也是光明微少而黑暗长远。安徒生在西洋的运命将来不知如何，若在中国之不大能站得住脚盖可知矣，今写此文以纪念其四篇亦正是必要也。

二十五年一月

1936年2月10日刊《国闻周报》13卷5期

署名知堂

收入《风雨谈》

编后记

《儿童文学小论》1932年由上海儿童书局初版。此次出版，以1932年初版为底本，附录文章则以民国时期周作人作品单行本如《雨天的书》《谈龙集》《谈虎集》等为底本，参照了北京十月文艺出版社2011年出版、止庵校订的《周作人自编集》和广西师范大学出版社2009年出版、钟叔河编订的《周作人散文全集》，加以校订。

此次出版还邀请中国海洋大学教授、儿童文学评论家朱自强选编附录文章，并撰写导读，介绍本书作者、内容以及做出精当的评价，供读者参考。